LIVE
「ふっ、はっ」
魔法の効果で
驚くほど身体は軽い。
おわあっ、なんかすごいのきた
一人すごいペースでモンスター
斬ってるやつがいる
なにあれ
あれは? まさか修太朗様
奇跡の大型新人
あんな新人おるはずないやろ。
どう見てもオッサンやん
いや完全にイケオジ
剣神降臨

花岡修太朗《はなおか・しゅうたろう》
冴えないサラリーマンだったが、
40歳の誕生日に超レアジョブ
「大魔導士」に覚醒!
一躍防衛隊の大型新人ヒーローに!?
後藤 湊《ごとう・みなと》
防衛隊のリーダー。
凛としたデキる女性だが、
実は修太朗に救われた
過去があって!?
小谷凛香《こだに・りんか》
修太朗の同僚で、
可愛くてノリがよい。
修太朗に想いを寄せている。

大仁田陸人《おおにた・りくと》
パワー自慢の頼れる防衛隊員。
かなりの猛者だが、
修太朗には一目置いている。
喜田桜花《きた・おうか》
上品で優雅な、お嬢様隊員。
他のメンバー同様、
修太朗に興味津々。

「わたしが奥さんになってあげてもいいよ～」
「ちょっと、凛！いきなり何言ってるの？お酒飲み過ぎたんじゃない？」

非モテサラリーマン40歳の誕生日に突然大魔導士に覚醒する01

I was a salaryman who was not popular with women, but on my 40th birthday I awakened as a great magician and became a hero.

#花岡修太朗40歳独身彼女なしが世界トレンド1位

Author
海翔
Illustrator
イシバシヨウスケ

口絵・本文イラスト　イシバシヨウスケ

01

I was a salaryman who was
not popular with women,
but on my 40th birthday I awakened
as a great magician and became a hero.

CONTENTS

第1章 ◆ 四十歳で大魔導士!?

この世の中には二種類の人間がいる。

勝ち組と負け組。

つまりは、モテる人間かモテない人間。

そして魔法《まほう》が使える人間と魔法が使えない人間。

俺《おれ》、花岡修太朗《はなおかしゅうたろう》は両方ともに後者の負け組だ。

明日で四十歳の誕生日を迎《むか》えるというのに、結婚《けっこん》はおろか今まで一度も彼女《かのじょ》ができたことはない。

彼女どころか、女性と最後に手を繋《つな》いだのは、小学校の運動会が最後だ。

理由はわかっている。

俺は小学生、いやもしかしたらもっと前から老《ふ》けていた。

物心ついた時には、あだ名がオッサンになっていた。

子供心に傷ついたりもしたが、自分から見ても確かに俺の顔は老けており、当時から四十歳のオッサン呼ばわりされていた。

中学、高校、大学へと進学したが、そこでもずっと老け顔のせいで一切《いっさい》モテなかった。

ただ、老け顔が極《きわ》まっていたせいか、歳を重ねても、顔がそれ以上老け込《こ》むことはなかった。

社会に出てからもずっとオッサン扱《あつか》いをされていたが、気がつくといつのまにか本当のオッサンになってしまい、明日で四十歳を迎える。

おかしな言い方だが顔に実年齢《じつねんれい》が追いついてきたせいか、最近は以前のようにオッサン呼ばわりされることも減ってきた気がする。

本当のオッサンになったらオッサンって呼ばれなくなるって意味が分からないな。

しがない非モテのサラリーマン人生を送る俺には唯一《ゆいいっ》心の支えとなる我《わ》が家《や》に伝わる伝承があった。


『三十歳まで童貞《どうてい》を貫《つらぬ》けば魔《ま》法使《ほうつか》いになれる』

俺の何代か前のご先祖さまも老け顔で非モテだったそうだが三十歳を機に魔法使いとなり、モテ人生を歩み無事に子孫を残すことができたらしい。

そのおかげで俺も生を受けることができたのだが、隔世遺伝《かくせいいでん》とでもいうのだろうか、ご先祖さまの老け顔が俺の代で目覚めてしまった。

魔族《まぞく》やモンスターがダンジョンから溢《あふ》れ、旧世界と呼ばれる時代から人口が三分の一以下まで減少してしまったこの世界では、国の政策もあり若年結婚《じゃくねんけっこん》は当たり前だ。

十代で学生結婚する者も多く、二十五歳で結婚していなければ行き遅《おく》れ、三十歳で結婚していなければ化石扱いと言っても過言ではない。

中には国から特別に認められ多数の異性と婚姻《こんいん》関係を結んでいる猛者《もさ》までいる。

その為《ため》この世界において三十歳童貞はレア中のレア。俺の知る限り、周囲に俺以外はいなかった。

しがないサラリーマンの俺だが、魔法使いになって魔法が使えるようになれば、世界防衛機構に入ってエリート人生を歩むことができる。

ご先祖様のように一発逆転人生も不可能ではない。

いまだに頻繁《ひんぱん》に魔族やモンスターがダンジョンから溢れ出て日常的に危険のあるこの世界では魔法を使えて人類の守護者とでもいうべき世界防衛機構のメンバーは人々から羨望《せんぼう》の眼差《まなざ》しで見られていた。

当然のようにそのメンバーはモテる。
俺も三十歳でそのメンバーの仲間入りをする。
その未来を信じて二十九年と三百六十四日を過ごし、ついに俺は三十歳の誕生日を迎えた。
その日間違《まちが》いなく三十歳になった。だけどその記念すべき日に俺が魔法を使えることはなかった。

『三十歳まで童貞を貫けば魔法使いになれる』

我が家に伝わるこの伝承は真っ赤な嘘《うそ》だった……。
周りに誰《だれ》も該当者《がいとうしゃ》がいなかったので確かめようもなかった伝承だが、俺がついに該当者となったその日、俺は絶望に暮れた。

「終わった……」

魔法使いになれなくても俺の生活が終わるわけではない。絶望に暮れてもだからと言って自殺するようなことはなく、それからの十年は希望が潰《つい》えた無の状態で日々をやり過ごしてきた。

なんの希望もないのであればなにも期待しなければいい。

三十歳になったその日モテることも結婚することも人生の勝ち組になることも諦《あきら》めた。

もちろん希望が潰えたからといって今の生活がなくなるわけじゃない。

負け組としての人生をしっかりと生き抜《ぬ》く必要がある。

高望みをせず、毎日しっかりと働く。

せめて、自分が社会の役に立っているという実感が欲《ほ》しかったのかもしれない。

それからの十年は魔法使いへの未練を薄《うす》く削《そ》いでいく毎日だった。

仕事に打ち込み、ほぼ毎日、家で飲む缶酎《かんちゅう》ハイが憧《あこが》れを薄めてくれた。

きっとアルコールは俺が夢に漂《ただよ》う厨二病患者《ちゅうにびょうかんじゃ》になるのを留《とど》めてくれた。

そして俺は明日ついに四十歳になる。

この十年長かったようなそうでもなかったような。

それに四十歳になったからと言ってなにも変わらない。

三百六十五日のうちのただの一日。

さすがにこの年になって自分の誕生日を一人で祝う気にはならない。

俺のステータスがこれだ。

花岡修太朗　（３９）

ジョブ　会社員

知力５９
体力３７
技術４８
攻撃《こうげき》４０
防御《ぼうぎょ》４３
魔《ま》攻《こう》０
魔《ま》耐《たい》０
魔力《まりょく》０

ステータスの平均値が50なので本で知識を蓄《たくわ》えた知力以外は全て平均を下回っている。

二十代のころは50を超《こ》えるステータスもいくつかあったが、三十を境にいくつかのステータスは下降線に入ってしまった。

これが世にいう老化の始まりかと思うと何とも言えない気分になる。

そして当然ながら魔法使いではない俺の魔法関係のステータスは全て0となっている。

仕事を終えた俺はいつものように家に戻《もど》ってコンビニ弁当を食べる。

「あ〜明日で俺も四十歳か………独り身で四十歳は辛いな……」

会社には四十歳以上の独身者は俺以外いない。

多分レア中のレアだ。

ある意味SSRクラス。

いや童貞ということまで考えるとLRクラス。

もしかしたらこの世界に俺だけかもしれない。

さすがにそれは考え過ぎか？

だけど、多数ではないのは間違いない。

そう考えると辛い。

きっと五十歳になってもなにも変わらない。このまま独りこの部屋でコンビニ弁当を食べているに違《ちが》いない。

そういうお店に行くことも真剣《しんけん》に考えた時期もあったけど、数十年保守的思考にどっぷりと浸《つ》かった俺には新しい扉《とびら》を開く勇気もなく、今に至ってはそういう気力もない。

部屋で缶酎ハイを片手にテレビを見ながら過ごす。

明日は会社も休みだが、やることも特にないので夜更《よふ》かしするつもりだ。

「もうこんな時間か。ハッピーバースデー俺。四十歳おめでとう。いやおめでたくはないな。は～～」

正直ため息しか出ない。

俺はこの日独りで誕生日を迎えてしまったが、やはり誕生日は虚《むな》しい。

もう何十年も誕生日が嬉《うれ》しいとか思ったことはない。

誕生日、クリスマス、バレンタイン……。

なんでこの世の中にはこんなイベントが目白押《めじろお》しなんだ。

四十歳独身、童貞、彼女無し。

自分の人生に全くクロスオーバーしてこないイベントの存在は、別の世界の出来事とはいえ地味につらい。

虚しさも手伝い、いつもよりお酒がすすむ。

ここ数年はイベントのたびにお酒がすすんでる気がする。

この前のクリスマスには、雰囲気《ふんいき》だけでもそれっぽくしてみようかとシャンパンを買ってたりしてみたけど、お店の人に「奥《おく》さんとのまれるんですね」なんて笑顔《えがお》で渡《わた》されたもんだから、「まあ、そんなところです」と誤魔化《ごまか》してしまった。

やっぱりなれないことはするもんじゃない。

その時の虚しさといえば言葉にするのも難しいものがあった。

俺にはいつもの缶酎《かんちゅう》ハイがあってる。

最近のマイブームは、部屋で缶酎ハイを飲みながら子供の頃《ころ》に憧れたヒーローものの動画視聴《しちょう》だ。

この時間だけは、仕事の事も忘れてあの頃に戻ったような気持ちになる。

こんな俺でもヒーローになってみんなを助ける気分に浸《ひた》れる。

最近のお気に入りは沖縄のローカルヒーロー・モブヤーだ。

あまりのシュールさにドはまりしてしまった。

特にシーズン1は最高だ。

相棒の犬が最高過ぎる。

今風に言えば獣人《じゅうじん》モフモフ。

リアルに言えばただのオッサン。

完全にやられてしまった。

あの意味不明なオッサン犬を引き連れ、悪の怪人《かいじん》を倒《たお》す自分を想像すると気分が上がる。

ヒーローに憧れていた残滓《ざんし》とでもいえばいいのか、今でも普段《ふだん》の生活の中で困った人を見かければ極力助けるようにはしている。

お年寄りを見れば席を譲《ゆず》ったり、結構前だけど柄《がら》にもなく不良に絡《から》まれた女の子を逃《に》がしてあげたりもしたなぁ。

あの不良たち容赦《ようしゃ》なく殴《なぐ》ってきてシャレにならなかったけど、女の子は無事に逃がせたので、俺にしては上出来だった
犬に襲《おそ》われそうになっていた女の子を助けた時は大変だった。

犬の意識が女の子から外れたのはよかったけど、完全にロックオンされた俺は襲われた。

必死に逃げたけど、犬の方が速かった。

あの犬俺には容赦がなかった。

買ったばかりのスーツが一着ダメになってしまった。

結構痛かったけど、あの時は狂犬病《きょうけんびょう》と破傷風のワクチン打ってて助かったな。

海外に行く為に打っておいたのがまさかの場面で役に立ったけどしばらくの間完全な猫《ねこ》

派になってしまった。

そういえば他にも、本格的にヒーローの真似事《まねごと》っぽいのをしたことがあったな。

普通《ふつう》に歩いていると目の前で車同士の衝突《しょうとつ》事故があり、一方の車から火の手が上がった。

車の中を見ると運転手の男の人は気を失っているようで、隣《となり》に乗っていた女の子も恐怖《きょうふ》からか動けないようだった。

ガソリンに引火して燃え広がることも頭をよぎったけど、身体が勝手に動いていた。

急いでドアを開け、女の子を外に出し、運転席の男性のシートベルトを外し何とか外へと運び出すことが出来た。

程《ほど》なくして二人共救急車で運ばれていったので多分大丈夫《だいじょうぶ》だったんじゃないだろうか。

今になって思い返してみるとリアルでも結構無茶《むちゃ》してるな。

ヒーローものを見過ぎたせいかもしれない。

四十歳になったことだし身《み》の丈《たけ》に合わないことは控《ひか》えよう。

若さで何とかなったあの時とは違う。

この歳で殴られたり犬にかまれたりしたらシャレにならない。

過去の無茶を回想しているとお酒もいい感じに回ってきた。

「そろそろ寝《ね》るかな」

本当は、もっと夜更かしするつもりだったけどいい気分のまま布団《ふとん》に入って寝ることにした。

イベント特有のひとり深酒のせいですぐに眠《ねむ》ることが出来た。

§

「あ～よく寝た。そういえば昨日はステータスチェックするのを忘れてたな。一応やっとくか」

今日が四十歳になって初めて迎える朝だ。

うん、昨日までと何も変わりはない。

三十歳を超えてからも無駄《むだ》だとは思いながら誕生日になるたびステータスチェックをしていた。

自分でも未練がましいとは思うけど、完全に生活のルーティン化している。

ただ、昨日は眠かったのと、十年も経《た》てばさすがに諦めが入ってチェックするのを忘れていた。

ちょっと酎ハイ三本は飲みすぎたかもしれない。

「ステータスオープン」

ん？

いつもの見慣れたステータス画面が現れるが、そこには見慣れない文字と数字が表示されていた。

花岡修太郎（40）

ジョブ　大魔導士

知力59

体力37

技術48

攻撃40

防御43

魔攻999

魔耐999

魔力999

「は……え……なに……これ」
まだ俺は寝ぼけているの？
それとも昨日の酒がまだ残っていて酔《よ》っているのか？
酎ハイ三本。
二日酔《ふつかよ》いしてる感覚はないけど四十歳の身体には飲み過ぎだったか。
気を取り直して、もう一度自分のステータスを見直してみる。
「いやいや、なにかの冗談《じょうだん》か？　ステータスが壊《こわ》れた……そんなバカな」
まじか……。
見間違《みまちが》いじゃない。
やっぱり意味不明の表示が現れた。
やばい。
俺のステータスが壊れた。
ステータスって壊れるものなのか。そんなの聞いたことがないぞ。
ジョブ大魔導士ってなんだ？

INT 59
VIT 37
SKI 48
ATK 40
DEF 43
MAT 999
MDF 999
MP 999

俺のジョブは昨日までは確かに会社員だったはずだ。いや今だって間違いなく会社員だ。

それが大魔導士⁉

そもそも大魔導士ってなに？

いや意味はわかる。魔法使いの更《さら》に上。魔法使いのボスみたいなのだとは思うけど、俺の周りでは聞いたことがない。

大魔導士。

しかも魔攻、魔耐、魔力が９９９ってなに？

俺は魔法を使えないので昨日までは全部０だったはずだ。

いや間違いなく０だった。

それが９９９ってなに？

平均値が５０のこの世界で９９９って、そんな値存在するのか？

頭が混乱してしまう。

なんで？

どうして？

いったいなにが起こった？

俺はまだ酔ってるのか？　理解が追い付かない。

「いてっ」

まだ酔いで寝ぼけてるのかと思いほっぺたをつねってみるが普通に痛い。

ほっぺたをつねるってベタすぎる。

だけどやっぱりおかしい。

必死に頭を働かせようとするが現状が把握《はあく》できない。

あまりの出来事になにも考えがまとまらない。

「ふ〜。とりあえず缶酎ハイ飲んで落ち着くか」

普段は休日でも朝から飲むと言うことはないが、他にいい案を思いつかないので、冷蔵庫から酎ハイを取り出して飲み始める。

「なんどみても変わらないよな。なんだこのステータス。俺はどうなったんだ。いやどうしたらいいんだこれ」

いや普通に考えたらステータスが壊れたとしか思えない。

いわゆるエラー。

そんなものが存在するのかはわからないが、俺が大魔導士になったというよりは遥《はる》かにリアリティがある。

エラーならそれはそれで問題があるよなぁ。

ステータスのエラーが身体に影響《えいきょう》したりは？

俺、死んだりしないよな。

考えているうちに怖《こわ》くなってしまった。

いきなり999とかになるってことは明日になったら0とか表示されることだってあるかもしれない。

やっぱり俺の状況《じょうきょう》はおかしいとしか思えない。

そうだ、念のために病院に行ってみるか。いやステータスのことだから防衛機構の受付にでも行ったほうがいいか？

世界防衛機構には魔力に目覚めた人を検査するための受付が設けられているらしい。

俺もいつかはそこに行きたいと考えていたが、まさか四十歳でしかもこんなエラーの相談で訪《おとず》れる事になるとは思ってもみなかった。

思ってたのとは違うけど、このままでは心配なので、しっかり歯を磨《みが》いてから防衛機構へと向かった。

思わず朝から飲んでしまったので、臭《にお》いで酔っ払《ぱら》いのたわごとと受け取られてしまわないかだけが心配だ。

身支度《みじたく》を済ませ電車に乗って防衛機構のビルへと向かう。

「ここだな」

かなり大きなビルだ。

悪い事をしたわけじゃないけどなんとなく入るのに気後《きおく》れしてしまいそうになる。

覚悟《かくご》を決めて防衛機構へと踏《ふ》み込む。

「あの～すいません。ステータスの事で相談にのって欲しいんですけど」

「はい。どのような内容でしょうか？」

「はい、それが今日になって突然魔力《とつぜんまりょく》のステータスが生えた。じゃなくて0じゃなくなったんです」

「それはおめでとうございます。稀《まれ》ですが年齢《ねんれい》を重ねてから魔力に目覚めることもありますから」

「はあ、そうなんですか。だけど俺のはそういうんじゃないと思うんです。なにかのエラーじゃないかと」

「エラーですか？　ステータス値にエラーというのは考えられないと思いますが」

「いや、俺もそう思うんですけど、そうとしか考えられないんですよ」

「とにかく一度検査させていただいてよろしいですか？」

「はい、お願いします」

俺は受付の人に案内されて検査する場所について行った。

「それじゃあ、そこに座《すわ》ってください」

「はい」

測定器と思われるものの前に座らされて測定が始まるが、すぐに数値が表示される。

「え……うそ。これって……」

「どうですか」

「ちょ、ちょっと待ってください。もう一度測定させてください」

「はい、どうぞ」

もう一度測定されることになったがすぐに測定値が表示される。

「あ……９９９」

「どうですか　やっぱりエラーですよね」

「エラー……そうかも。９９９って、そんな……」

測定してくれた女の人が戸惑《とまど》いの表情を浮《う》かべてあたふたしている。

やっぱり俺のステータスはおかしいみたいだ。

「どうすればいいですかね」

「あ、ああ、少しお待ちください。上司を呼んできます」

そう言って女の人はその場から出て行った。

やっぱり、係の人があんなにあたふたするぐらい俺のステータスはヤバいのか。

エラーか。

なにも悪いことしてないのにこんなのってあんまりじゃないか。

これから俺はどうなってしまうんだ？

不安に苛《さいな》まれながら待っていると、係の女の人が上司らしき男性を連れて戻ってきた。

「花岡さんですね。お話は伺《うかが》いました。この機械が測定を誤ることはまずありません。間違えたとしてもその誤差は５％以内です。なので花岡さんのステータス値もエラーではないと考えられます」

「はい？　エラーじゃないってどういうことでしょうか」

「ですので、信じられないようなことですが花岡さんの魔力系のステータスは全て９９９ということです」

「それは……マジですか？」

「はい、マジです」

「本当の本当ですか？　ドッキリとかじゃなくて？」

「はい、本当の本当です。ドッキリじゃないです」

「………え～～～～～！」

場所を弁《わきま》えず思わず大きな声を出してしまった。

だけど、それもやむを得ない事だ。

嘘だろ。俺のステータスが本当に９９９⁉　ということはジョブに表示されていた大魔導士というのもエラーじゃないのか⁉

俺が大魔導士で魔力系のステータス９９９ってどうなってるんだ。

「あの～、つかぬことをお伺いしますが、ステータスの上限値っていくつなんですかね」

「実際に見たのは花岡さんが初めてですが理論値の上限は９９９です」

「ということは俺の魔力系ステータスはカンストしてるってことですか？」

「はい。カンストしてるってことですね」

だめだ。朝飲んだ酎ハイが今になって回ってきた。

頭が働かない。

ボ～ッとしてきた。

俺がカンスト。

四十歳童貞の俺がカンスト。

独身の俺がカンスト。

え～っと、カンストってなんだっけ。

帰ってはやく酎ハイを飲みたい。

決してアル中とかではないのにお酒を飲んでしまいたくなる。

今の状況が理解できない。

いや本当は理解はできている。

だけど意味が分からない。

三十歳で魔法使いにはなれなかったのに、俺大魔導士になっちゃったのか？

本当に意味が分からない。

§

俺は家に帰って本日二本目の缶酎ハイを飲んでいる。

「は～っ、どうするかな～」

帰ってきてからため息と独り言が止まらない。

これが四十歳を迎えたオッサンだからゆえと言われても否定はできないが、防衛機構でのことが原因だ。

「花岡さん、数値はともかく魔力が検知された以上、あなたには二つの選択肢《せんたくし》があります」

「二つですか」

「はい。ひとつは魔法を使うことを諦め今まで通りの生活をおくることです。花岡さんのようにある程度社会経験を積まれたタイミングで魔力を発現された方には結構いらっしゃいます。その場合、防衛機構に入らないという選択《せんたく》もあります。無理をして防衛機構に所属されるよりも今の生活基盤《きばん》を大事にされたい方も多いので」

「そうですよね」

「もうひとつは魔法を使い、防衛機構に所属して外敵と戦う道です。当然、危険と隣《とな》り合わせのお仕事なのでそれに見合った報酬《ほうしゅう》と社会的地位を得ることができます。この場合正式に所属となる前に三ヶ月程度訓練校に通っていただきます」

「三ヶ月ですか……危険な仕事につくにしては短い気もしますが」

「はい、あくまでも実戦的な事は所属してからが中心となりますし、別に英語の勉強とかを一からおこなうわけではないので。あくまでも所属するにあたってのルールと魔法を使えるようになるのが目的ですからね」

「たった三ヶ月で魔法が使えるようになるんですか？」

「魔力が備わっている時点で、あとは使い方の手順を踏めば適性のある魔法はすぐに使えるようになりますよ。もちろん、その方によって得手不得手や魔法の威力《いりょく》や発動スピード等は個人差が出てきますけどね」

「そうなんですか」

正直、防衛機構に所属してエリート街道を歩む、それはこの数十年夢見ていた事だ。ただ職員の人が言っていた、ある程度の年齢以上の人は今までの生活を続ける人も多いというのもわかる。

痛いほどにわかる。

俺にだって大学を出てから十八年ひとつの会社で頑張《がんば》ってきた自負はある。

主任という今の職務に責任だって感じている。

何より勤めている会社はブラック企業《きぎょう》ではないので、今後仕事で死ぬ事はないと思う。

もう少し頑張れば係長にだって手が届くところまできている。

それを全て捨てて訓練校に入校することに躊躇《ちゅうちょ》してしまう。

「それと、訓練校ですがどうしても十八〜二十五歳くらいの方達《たち》が中心になりますので花岡さんと同年代の方は少ないです。もしかしたら花岡さんだけかもしれません」

「そうなんですね」

まあ、四十歳の人間が少ないだろうというのは理解できる。

下手をすれば自分の子供でもおかしくない年齢の子達と一緒《いっしょ》に通って大丈夫だろうか？

完全に浮いてしまいそうで怖い。

「でもな～防衛機構だよな～。ずっと入りたかったんだよ。ご先祖様みたいに魔法を使って人々を護《まも》ってヒーローになりたかったんだよな」

俺は小さい頃からご先祖様にあこがれていた。老け顔でモテなかったという部分にシンパシーを感じていた事は否定できないが、それ以上にご先祖様は魔法を使い防衛機構に入って人類を護った。その事に強烈《きょうれつ》な憧れを抱《だ》いた。

そして子孫の俺なら同じようになれるんじゃないかって勝手に思っていた。

特に老け顔でモテないという呪《のろ》いとも思える遺伝子を受け継《つ》いだ俺なら魔法の素養も受け継いでいるかもとどれだけ願い夢想した事か。

それが今、実際に自分の目の前に現れた。

正直二十代の頃のように勢いだけではどうにもならない色々な事情があるし、それなりにしがらみもある。

だけどやっぱり、やってみたい。

年甲斐《としがい》もなくと言われるかもしれないが、ヒーローになってみたい。

不安はある。だけどどうしてもその気持ちを抑《おさ》える事はできない。

あの動画のヒーロー達のように。

モブヤーのようなヒーローに。

「よし！　明日返事をしに行ってみるか」

悩《なや》みに悩んで結論を出した俺《おれ》は本日三本目の缶酎ハイに手を伸《の》ばした。

§

「あ～頭痛いな。ちょっと飲みすぎたか」

俺は毎日の缶酎ハイを日々の楽しみとしていたが、実はお酒はあまり強くない。

ビールやウィスキーは飲めない。

社会人になってから付き合いで飲む事が多くなり、あまり得意ではないので自然と甘《あま》めの酎ハイを飲むようになった。

それがいつのまにか家でも飲むようになってしまったが、それもせいぜい二本が限界だ。

昨日は悩みに悩んだせいでクリスマスに続き禁断の三本目に手を伸ばしてしまった。

そのせいで朝から頭が痛い。

完全に二日酔いだ。

さすがに二日連続の酎ハイ三本はやりすぎた。

頭の痛みを堪《た》えて、身支度を済ませて水を一杯《いっぱい》飲む。

「あ〜新しい門出《かどで》が二日酔いとは俺らしいな」

俺は再び防衛機構の事務所へと出向き昨日の人に伝える。

「決めました。防衛機構に入ります。なので訓練校に入校したいと思います」

「そうですか。防衛機構としてはありがたい申し出です。人手はいくらあっても足りませんからね」

「それで、入校はいつからでしょうか？」

「毎月開講しているので、直近ですと来月の十日からですね」

「来月十日からですか」

「ああ、花岡さんはお仕事の都合があるんですね。大丈夫ですよ。入校者を出す職場の方にも助成金がおりますから気持ちよくきていただけるはずですよ」

「そうなんですか。まあ頑張れば引き継ぎも終わると思うんでよろしくお願いします」

それから俺は入校に必要な書類を渡されて家に帰った。

早速《さっそく》家に着いてから書類を書いていくが、書いているうちに実感が湧《わ》いてきた。

「俺が、防衛機構の職員か〜。俺が魔族《まぞく》とかモンスターと戦うのか。ちょっと信じられないな。会社の人に言っても信じてもらえないかもな～」

そして次の日いつもより早めに会社に出勤し、課長に申し出た。

「課長、少しよろしいでしょうか？」

「おう、どうした花岡。真剣な顔して。ついに結婚《けっこん》が決まったのか？」

「はは……残念ながらそれはまだ」

「お前、顔は悪くないんだし社内にもそれなりにいると思うけどな～」

「ありがとうございます。だけどそれはもう諦めてますよ」

「よかったら俺が取り持ってやってもいいぞ」

「いえ、相手の人に迷惑《めいわく》がかかりそうなので大丈夫です」

ああ、やっぱり課長はいい人だな。俺のために骨をおってくれる人なんかそうはいない。だけど相手の人の気持ちも考えて欲しいもんだ。

会社の上役に俺なんか紹介《しょうかい》されたら断りづらくてかなわないだろう。

「そうか。それじゃあなんだ」

「それが、来月の一週目で退職をお願いしたいんです」

「な……なんでだ。なにか会社に不満があるのか？　悩みがあるなら言ってみろ。今度係長に推薦《すいせん》しようと思ってるんだぞ」

「ありがとうございます。会社に不満はないんです。そうじゃなくて防衛機構に入ろうと思って」

「は？　防衛機構ってあの防衛機構か？」

「はい、あの世界防衛機構です」

「いやいや、花岡、辞《や》めたいからって嘘《うそ》はだめだぞ。お前魔法《まほう》使えないだろ」

「いや、それが一昨日突然《とつぜん》使えるようになったみたいで、防衛機構の事務所に行ったら来月の十日に訓練校に入校だって言われたんです。それと会社には俺が抜けることに対する補償《ほしょう》というか助成金も出るって言ってました」

「マジか」

「はい、マジです」

「マジでか」

「はい」

「そうか～花岡がな～。三十九だっけ、そんなことってあるんだな」

「あ、一昨日四十になりました」

「そうか、花岡がな～。まあ、お前正義感あるし向いてるかもな。防衛機構か～。俺も昔憧《あこが》れたな～。これで花岡も結婚できるな。よかったな」

なんで、防衛機構に入ったからって四十歳《さい》のオッサンが結婚できると思うんだ。

それとこれとは別の問題だろう。

「課長、何を言ってるんですか。そんなわけあるはずないでしょう」

「いやいや、マジな話、四十独身で防衛機構だぞ？　世間の女性が放っておくわけないだろう。お前顔は悪くないわけだし」

「いや、防衛機構に入っても俺は俺ですよ？　急にモテたりするわけないじゃないですか」

「は～花岡、相変わらずの自己評価だな。十年お前の上司やってる俺からのアドバイスだ。お前の自己評価と周りの評価はズレがあるぞ。それだけはわかっておけよ」

「は～そうですか」

課長の優《やさ》しさが身に染《し》みるけど、その優しさは傷口に塩を塗《ぬ》り込《こ》むように四十男には堪える。

課長に退職を申し出てからの日々はあっという間だった。

今までの仕事を切りのいいところまで仕上げ、後任の担当者に引継《ひきつ》ぎをしているうちに時間が過ぎていった。

自分で言うのもなんだけど結構きっちりしてるタイプなので、後任の人に迷惑をかけるような事態にはならずに済みそうだ。

「花岡さん、頑張ってください。応援《おうえん》してます！」

「ああ、野口さん今までありがとうな」

「辛くなったらいつでも戻ってきてくださいね。待ってます」

「はは、音を上げないように頑張るよ」

今日が勤務最終日だが、同じ部署の野口麗花《れいか》さんがこんなに別れを惜《お》しんでくれるとは思わなかった。

四十歳独身男なんか若い女の子には奇異《きい》の目で見られてるかと思ってたけど、どうやら嫌《きら》われてはなかったらしい。

「それじゃあ、お疲《つか》れ様《さま》でした」

「はい、いつでも連絡《れんらく》くださいね」

社交辞令だとしても、そんなふうに言ってくれると気持ちよく退職できる。

「花岡、いつでも戻ってきていいからな。それに嫁《よめ》さんの件も俺にまかせとけ。お前が戻ってきた時にまだ独身だったらどうにかしてやるよ」

「はは……ありがとうございます。帰ってこなくても済むようにがんばります。最初から帰ってくるつもりじゃ心が折れちゃいそうなんで、不退転の気持ちで行ってきます」

「おう、向こう行ったら急にモテて変なの掴《つか》むなよ。お前女慣れしてなさそうだから俺はそれが心配なんだよ」

「心配かけてすいません。だけどそんなことあり得ませんよ。今までモテなかったのに急にモテたりするわけないじゃないですか」

課長も相変わらずだけど、挨拶《あいさつ》に行ったとき部長も同じようなことを言ってたな。あるはずないのにやっぱり上長からすると四十男の独身は心配になるんだろうな。

そういう意味では迷惑かけたかも知れないけどいい会社だったな〜。

この会社を辞めて行くんだから、防衛機構では石にかじりついてでもやっていくしかない。

俺は会社のみんなに挨拶を済ませてから会社を後にする。

別《わか》れ際、野口さんは体調がすぐれなかったようで奥に下がってしまっていた。それだけが気がかりだけど、女の子達が付き添《そ》ってくれていたようだし心配いらないか。

＊＊＊＊＊＊＊＊＊＊＊＊＊＊＊＊

「麗花、いいの？　このままじゃ、なにも伝わってないんじゃない」

「いい。花岡さんみたいな大人の男の人にとってみれば私なんて。だって花岡さんモテるでしょ」

「確かに渋《しぶ》いもんね。クールで女にデレデレしたりしないところとか、大人の男って感じよね。あの風貌《ふうぼう》で結婚してないんだもんね。理想が高いのかプライベートでは選び放題なのかもね」

「でしょ。それが防衛機構で魔法使《まほうつか》いって、もう違《ちが》う世界の人になっちゃった感じで、手が届きそうにないから」

「そうね。それじゃあ今度二人でコンパにいきましょうか」

「そうしよっか。絶対いい男捕《つか》まえてやる～」

＊＊＊＊＊＊＊＊＊＊＊＊＊＊

周りは結構転職を繰《く》り返しているやつもいるのに、二十年近く勤める事が出来た。今になって思い返すと俺は会社にも同僚《どうりょう》や上司にも恵《めぐ》まれたな～。

唯一《ゆいいつ》の心残りは、できることなら一度はオフィスラブとかしてみたかった。

それであわよくば結婚とかも夢見ていたけどかなわなかったな。

まあ、明後日から俺の人生が変わる。

俺の長年の夢がかなうんだ。

もう、オフィスラブだの結婚だのと言ってる場合じゃない、俺は魔法使いになってみんなを護れるヒーローになる。

でも、正直なところ一度は女性とお付き合いとかしてみたかったな～。

防衛機構の人たちは、俺と違ってエリートばっかりだろうからモテるんだろうな。

きっと女性もモテる人ばかりだろうから今まで以上に相手にされないだろう。

また婚期《こんき》が遠のいたか。

いやもともとそんなのは無かったな。

家に帰ったら缶酎《かんちゅう》ハイを飲むか。

うん、そうしよう。

第2章 ◆ 四十歳の新入生

ついに今日俺は防衛機構の訓練校に入学する。

うん、忘れ物はない。

準備を済ませてから案内にあった訓練校に向かう。

「ここだな」

着いた場所には少し校舎は小さいが、運動場や体育館らしきものも見える。完全に学校だ。

塾《じゅく》のようなものを想像してたけど、かなり立派な施設《しせつ》だった。

指定された教室へと向かうと既《すで》に半分くらいの席が埋《う》まっている。

俺の番号は十六番だ。

俺は十六番と書かれた席へと着席するが、視線が痛い。

やはり周りに座っている子たちは若い。

俺が突出《とっしゅつ》してオッサンだからだろう。

かなり視線を感じる。普段《ふだん》こんなことを経験することはないのでなんとなく居づらいが、こんなのは最初からわかっていたことだ。

視線に気づかないふりをしてそのまま待つ。

徐々《じょじょ》に残りの受講生たちも集まってきて、ほぼ教室が埋まった。

全部で三十人ほどだが若干《じゃっかん》女性の方が多い気がする。

「全員集まったようだな。俺が今回担当の梅沢俊樹《うめざわとしき》だ。よろしく」

教壇《きょうだん》に立った三十歳ぐらいの男性がそう声をかけてきた。

「今期は全部で三十人だ。三ヶ月の間しっかりと学んでくれ。ここを出たらすぐに実戦に配置されるからそれまでに魔法を使いこなせるようになってもらわないと困る。ただしここを出る前に卒業試験としてダンジョンに潜《もぐ》ってもらうからな。一応、筆記試験もあるから授業はまじめにな」

わかってはいたが、三ヶ月で魔法を使いこなさなければならないのか。

それにダンジョンにも潜らないといけないのか。

とにかく頑張るしかない。

初日は、自己紹介やこれからのスケジュール、施設の説明などで終わってしまったので明日からが本番だろう。

「おい、オッサン」

「ん？　俺のことか？」

「ああ、あんたしかいないだろう」

髪《かみ》を茶色に染めた、いわゆるちょっとヤンチャそうな男子生徒が声をかけてきた。

「なにか用かい？」

「あんた何歳《なんさい》だ？」

「四十歳だけどそれがどうかしたか？」

「四十……老《ふ》けてるとは思ったけど四十歳かよ。俺の母親と同い年じゃねえか」

母親と同い年……まあそういうこともあるだろう。

だが、この言葉地味に辛い。

「そうか、君は何歳なんだ？」

「俺は十九歳だ。それと俺は陣内律《じんないりつ》だ」

「花岡修太朗《はなおかしゅうたろう》だ」

「オッサン、なんでその歳でここにいるんだよ」

「なんでって言われても、ただ単にこの年で魔力《まりょく》に目覚めたからかな」

「そんなことあるのか」

「ああ、あるみたいだな」

「奥《おく》さんとかに反対されなかったのか？」

「いや、独り身だから」

「……なんかすまん」

「いや気にするな。単純に俺がモテないだけだから」

十九歳相手に「俺がモテないだけだから」って結構くるな。

「浮気《うわき》して離婚《りこん》でもされたのか？」

「いや、結婚したことないんだ」

「オッサン、そっちか？」

「そっち？　いやいやいや、いたってノーマルだ」

「それはすまん。よかったら女紹介してやろうか？」

「紹介……。うん、ありがとう。でも大丈夫《だいじょうぶ》だ」

十九歳に女性を紹介される俺って……。

「そうなのか。オッサン結構いい人そうだし嫁さんの友達に声かけてやってもいいぜ」

「嫁さん……。陣内くん結婚してるのか」

「ああ、去年結婚したんだ。よかったら写真見るか？」

確かに、今のこの人口減少時代に十九歳で結婚は珍《めずら》しくない。俺が十九歳の時にも学生結婚してたやつは結構いたが、この年で十九歳の同級生の結婚話を聞かされるとは思ってもみなかった。

想像以上にくるな。

「かわいい感じの奥さんだね」

「はは……」

「おお。そう思うか？　オッサンも趣味《しゅみ》いいんじゃね」

「本当、知り合ったのもなんかの縁《えん》だし、紹介するぞ？　うちの奥さんほどじゃないけど結構かわいい子いるぞ？」

「いやいや、奥さんの友達ってことは十九歳だろ。俺四十歳だぞ。相手にされないだろ」

事実とはいえ言ってて自分で悲しい。

「そんなことないと思うけどなぁ。オッサン結構いい感じに渋いし嫁さんの友達にも結構受ける気がするけど」

「はは……陣内くんは優しいんだな。まあこれからよろしく」

「別にそんなんじゃねえよ。まあいいや。じゃあまたな」

最初絡《から》まれるのかと思ったけど、案外いい奴《やつ》だったのでホッとした。

昔、女の子を助けて不良にボコられてから、どうもヤンチャな感じの人に対してアレルギーがある。

もちろん人を見かけで判断することは良くないのはわかってるけどこればかりは仕方がない。

それじゃあ、やることもなさそうだしそろそろ帰ろうかな。

「花岡さん」

「え？　俺？」

「はい、花岡さんです」

「え～っとたしか、中塚《なかつか》さん」

確か、自己紹介でお酒が好きって言ってた女の子だな。嬉《うれ》しそうに自己紹介していたから印象に残っている。

「はい、そうです。覚えてくれて嬉しいです」

「なにか用かな？」

「いえ、特に用ということはないんですけどさっき話してたのが聞こえてきたので」

「あぁ……聞こえたんだ」

「はい。失礼とは思ったんですけど、花岡さんって独身なんですか？」

「ぐっ……うん、そうだけど」

「へ～っ。そうなんですね。彼女《かのじょ》さんとかいないんですか？」

「い、いないけど」

なんだこの子。なんでこんなにグイグイ俺のことをえぐりにきてるんだ。

「そうなんですね。さっき十九歳は若すぎるみたいな感じだったんですけど二十歳《はたち》はどうですか？」

「どうですかって言われても、俺には縁がないとしか」

「もし縁があったらどうですか？」

「いや、そりゃあ縁があればね」

「そうなんですね。ちなみに私二十歳です」

「ああ、そうなんだ」

「どうですかね」

「ん？　なにが？」

「二十歳の私なんかどうですか？」

「うん、若々しくて羨《うらや》ましいよ。いいと思います」

「本当ですか？　嬉しい」

いったいなんの会話なのかわからんな。

俺の意見を聞いてもなんの足しにもならんと思うけど。

「花岡さん、この後予定とかあります？　よかったら私たちとどこかでお茶でもしませんか？」

「私たち？」

「はい、今日仲良くなったんですけど、みんなおいでよ」

そう中塚さんが声をかけると三人の女の子がやってきた。

「え～っとたしか、大谷さんと、三宅さん、木下さんだったかな」

「花岡さん全員の名前覚えてくれてるんですか？　すごいですね」

社会人経験のなせる技だな。一度名乗り合った人のことはその場で覚える。営業マンの基本中の基本だ。

「どうですか？　花岡さん」

「是非是非《ぜひぜひ》」

「お話も伺いたいですし」

「行きましょうよ～」

「ああ、じゃあお願いしようかな」

それから何故《なぜ》か女の子たち四人と俺でカフェに向かうことになってしまった。

「へ～っ、花岡さん独身なんですね」

「あぁ、まあ……」

またこの話題。

まあ四十歳独身が珍しいとは思うけど辛い。

「お子さんとかはいらっしゃるんですか？」

「いや、結婚したことがないんだ」

「そうなんですか？　もしかしてそういう主義だったりします？　付き合うけど結婚はしないみたいな」

「いやいや、そんな大層な主義じゃないよ。単純に縁がないだけ。はは……」

なんで俺はこの子たちにこんな話をしているんだろう。

悪意は感じないけど、まさかこのオッサンキモイとか思われてないよな。

俺としてはせっかく同級生になったのだから仲良くできるものなら仲良くしたいと思うけど。

「花岡さんって理想が高いんですか？」

「いや全然そんなことないと思うけど」

「それじゃあ私たちみたいなのってどう思いますか？」

「どうって……若くて魅力的《みりょくてき》だと思います」

「きゃ～っ。魅力的って花岡さん口がうまいですね」

「そんなつもりじゃないんだけど。本当にみなさん魅力的ですよ」

「私たちみんな二十歳《はたち》超えてるんで安心してください」

「ああ、そうなんだ」

安心ってどういう意味だ？　若い子の言うことはよくわからん。

これがジェネレーションギャップというやつか。

これから一緒に学ぶんだからどうにかついていかないといけないよな。

「話変わるんですけど、花岡さんってお酒とか飲まれますか？」

「お酒？　そんなに強くはないけど飲むよ」

「よかったら今度いかがですか？」

「まあ、機会があれば」

「本当ですか？　それじゃあ今週末とかどうですか？　歓迎会《かんげいかい》しましょう」

「歓迎会か。みなさんがよければ是非《ぜひ》」

「やった～。みんなよかったね」

「うん」

ああ、この子たち本当にいい子だな。オッサンの俺がボッチにならないように気を遣《つか》ってくれたんだな。

こんなに嬉しそうにしてくれると、俺まで嬉しくなってきてしまう。

初日で心配してたけど陣内くんといい、いい同級生に恵まれた。

これからの学校生活もなんとかやっていけそうでよかった。

帰ったら缶酎ハイ飲もう。今日のお酒は格別だろうな。

＊＊＊＊＊＊＊＊＊＊＊＊＊＊＊＊＊＊＊＊＊＊＊＊＊＊＊＊

「花岡さん、気さくないい人だったね」

「私たちの分もサラッと払《はら》ってくれたし大人って感じ」

「渋いよね。大人の余裕《よゆう》っていうのかな。なんか色気があるよね」

「お父さんとは全然違うよ。うちのお父さんなんかもう加齢臭《かれいしゅう》がひどいんだけど花岡さんはいい匂《にお》いだし」

「わかる～」

「だけど、遊び人って感じもしないし紳士《しんし》って感じじゃない？」

「うん、しかも結婚したことないって。そっちでもないって言ってたし」

「まだわからないけど、いいよね」

「うん、いいと思う」

「三ヶ月間楽しみが増えたね」

＊＊＊＊＊＊＊＊＊＊＊＊＊＊＊＊＊＊＊＊＊＊＊＊＊＊＊＊＊＊＊＊＊＊

俺は彼女たちと別れてから家に帰ってコンビニ弁当と一緒に缶酎ハイをあける。

「あ〜なんとかやっていけそうだな。それにしてもやっぱり俺だけオッサンだな。みんな二十歳前後か〜。置いていかれないように頑張らないとやばいな。今週末に歓迎会か〜。調子にのってキモがられないようにしないといけないな。まずは学校を頑張らないと」


翌日、登校すると中塚さんたちが元気に挨拶してくれた。

やっぱり、朝から元気に挨拶されると気持ちがいいものだ。

「オッサン、今日から本格的に授業だな。俺はストライカーだから攻撃魔法《こうげきまほう》に適性があると思ってるんだけど、オッサンはどうなんだよ」

「どうって？」

「オッサンの適性はなんなんだよ」

「いや、適性って言われてもよくわからんが」

「オッサンもしかして全然予習してきてないのかよ」

「予習、いや、まあ」

陣内くん、予習してきたのか。

俺は中塚さんたちとカフェして気分が良くなって缶酎ハイを飲んで寝《ね》てしまった。

やばいな。

「ジョブによって適性があるんだよ。俺はストライカーだから攻撃魔法に適性があるはずなんだ」

「そうなんだ」

「ところでオッサンのジョブはなんなの？」

「え……ジョブ？」

「そう、ジョブだよ。別に隠《かく》すようなもんでもないだろ」

「あ、そ、そうか、え〜っと、だい……」

「え？　悪い聞こえなかったぞ」

これ言っても大丈夫なのか？　まあ仲間だし、講義が進めば遅《おそ》かれ早《はや》かれ知られるよな。

「えっと、大魔《ま》……」

「はっ？　なに？」

「大魔《ま》導《どう》士だけど」

「は⁉　俺の耳がおかしくなったのか？　もう一度頼《たの》む」

「だから大魔導士」

「いやいや、オッサン。俺のことからかってるんだよな。冗談《じょうだん》はいいから本当のことを言えよ」

「いや本当に大魔導士」

「…………マジ？」

「うん、マジ」

「そんなジョブあるのかよ」

「うん、あるみたいだね」

「なんかすごそうだな」

「そうかな」

やっぱり陣内くんでも大魔導士のジョブのことは知らないみたいだ。たしかにすごそうな名前ではあるが名前負けしてないといいけど。

「教科書にはそんなジョブのってなかったぞ。一番近いので魔法使いか？　いや近くもないか。魔法使いは、ほとんどの魔法に適性のあるオールラウンダーらしいけど」

「魔法使い？　俺のご先祖様がそうだったみたいだけど」

「それはそれですごいな、オッサン。魔法使いはレア中のレアだぜ」

「陣内くん、俺オッサンには違いないけど花岡ね」

「ああ、わかってるってオッサン」

陣内くんには言うだけ無駄《むだ》かもしれない。まあオッサンでもいいか。十九歳からみたら本当にオッサンだしな。

陣内くんと話しながら最初の授業が行われる運動場へと向かうことにする。

「それじゃあ、さっそくだが魔法の実地訓練だ。まずは基本中の基本。火の初級魔法だ。その名も『ファイア』だ」

「そのまんまじゃやね～か」

「誰《だれ》だ？　今突《つ》っ込んだやつは。魔法に名前をつけたのは俺じゃないんだから俺に突っ込んでも無駄だぞ」

「ははは」

先生とのやり取りで笑いが起きる。

この先生、生徒とのコミュニケーションをとるのがうまい。

和《なご》んだ空気の中、初めての魔法による訓練が始まった。

防衛隊の仕事は基本的にダンジョンの魔物《まもの》を狩《か》るのが主な仕事だが、溢《あふ》れた魔物を地上で殲滅《せんめつ》することもあるらしい。

俺はよく知らなかったけど、色々と制約はあるものの魔法は地上でも普通《ふつう》に使えるらしい。

「基本、集中して教科書に書いてある詠唱《えいしょう》をそのまま唱えれば、適性さえあれば発動する。昔と違ってちゃんとしたマニュアルがあるから楽なもんだ。それじゃあやってみるぞ」

そういうと先生が的に向けて詠唱を開始した。

「この現世に住まう精霊《せいれい》よ、我《わ》が盟約に従いここにその力を示せ。原初の炎《ほのお》よ舞《ま》い踊《おど》れ！

『ファイア』」

『ファイア』の詠唱が終わると同時に的の周囲に炎が生じ、そのまま的が燃え上がった。

マジか……。

周囲は炎の発現に沸《わ》き上がっている。魔法という超常《ちょうじょう》的な力が発現するのを目《ま》の当たりにして、周囲からは感嘆《かんたん》の声が上がるが俺《おれ》は別の意味で声を漏《も》らしてしまった。

これが『ファイア』の詠唱か。

俺がこれを。

四十歳の俺がこれを。

たしかにこれは俺が心より望んでいた魔法だ。

俺が小中学生の頃《ころ》にイメージしていた魔法そのものだ。

詠唱の文言が、小中学生のイメージするそれだ。

正直言って恥《は》ずかしい。

もしかして魔法って全部こんな感じの詠唱文があるのか？

たしかにカッコいいけど、詠唱している自分をイメージしてみると全身が熱くなってきた。

「オオオオオ～スゲ～カッケ～」

陣内くんは純粋《じゅんすい》に感動しているようだが、俺は年齢《ねんれい》と共に純粋さを失ってしまったのかもしれない。

だが、これを乗り越《こ》えなければ魔法を使うことができないのであればやるしかない。

こうなったら魔法を発現することだけに集中するしかない。

「こんな感じだ。『ファイア』は基本的な魔法だからジョブに関係なくみんな使えるはずだ。威力《いりょく》に差はあるかもしれんがな。それじゃあ、順番にやってみるか。意識は的に集中しながら詠唱だ。間違《まちが》っても人に向けて放つな。大事故が起こるぞ！　詠唱中は絶対に意識を逸《そ》らすな！」

たしかにあれを人に向けて放とうものなら大惨事となるだろう。とにかく集中だ。

メンバーが出席番号順に『ファイア』の詠唱を開始していく。

「やった！」

「おお～」

「これが魔法……」

「すげ～やったぜ！」

生徒たちが順に発動させてみんな成功していく。

緊張《きんちょう》してきた。まさか俺だけ発動しないなんてことはないよな。

だって魔力９９９だもんな。頼《たの》むぞ。

俺の順番が来たので、羞恥心《しゅうちしん》を捨て祈《いの》るような気持ちで詠唱を始める。

「ん、んっ。この現世に住まう精霊よ、我が盟約に従いここにその力を示せ。原初の炎よ舞い踊れ！『ファイア』」

俺が詠唱を終えると、魔法が発動して的の周りに炎が現れ的が焼け落ちたが、他の生徒とは大きく異なる部分があった。

「へっ……」

「なっ……」

「あ……」

周囲の生徒が一斉《いっせい》に息を呑《の》むのがわかった。

俺の発動した『ファイア』の炎がデカすぎる。

他の生徒たちの炎はだいたいサッカーボールぐらい。それに対して俺が発動した炎の大きさはゆうに一メートルを超《こ》えている。

しかも炎の色がおかしい。

他の生徒たちの炎はオレンジ色の炎なのに俺の放った炎は蒼《あお》だ。

文系の俺の知識によると蒼い炎の方がオレンジの炎より高温だったような……。

一メートルを超える蒼色の炎が的と共にそれを支えていた台と支柱まで完全に消し炭にしてしまった。

「あ、あの〜。俺悪くないですよね。言われた通りに詠唱しただけですよ。もしかして弁《べん》償《しょう》とかしないとダメなんですか？」

「あ、ああ。それは、大丈夫なんだが。花岡さん、あんた何者？」

「いや、何者と言われても花岡ですけど」

「それはわかってるんだけども、本当にあんたただの生徒か？　今のがただの『ファイア』ってありえないぞ。『フレイム』でもあんな色にはならん。上級の『メルトファイア』並だぞ。生徒が使えるレベルを超えてるぞ？　いやマジであんたなんなんだ？」

「なんなんだと言われても、一生徒の花岡ですとしかいいようが」

先生の口ぶりからしてやっぱりあの炎は異常らしい。

だけど、なんで……。

いや、本当は薄々《うすうす》気づいている。

ステータス999のせいだ。

それにもしかしたらジョブが大魔導士であることも影響《えいきょう》してるのかもしれない。

本当にエラーじゃなかった。本当に俺は魔法《まほう》が使えた。しかも普通じゃなかった。

「花岡さん、それはわかってるんだよ。そういうことじゃなくて、なんで、あんなことになるんだ。講師になって結構経《た》つけどあんなのみたことないんだけど」

「あ～多分ステータスとジョブのせいじゃないかと。先生は俺のステータスとか知らないんですかね」

「そんな個人情報まで講師の俺が知るわけないだろう」

「そうなんですか。ここだけの話なんですけど、俺の魔力系のステータスが999なんです」

「は⁉　なんだって？　もう一回いいか。耳がおかしくなったのかもしれん」

「999です」

「999？」

「はい999です」

「999」

それっきり先生の動きが止まってしまった。

数十秒の沈黙《ちんもく》の後、先生がなにもなかったかのように次の魔法へとかかった。

「よし、次は氷系魔法の『アイスバレット』だ。それじゃあまず俺がやってみるから見てろよ。いくぞ。大気に宿る悠久《ゆうきゅう》の精霊よ、その零下《れいか》の息吹《いぶき》を放て。我が求めに応えて、ここにその姿を現せ！　『アイスバレット』」

先生の目の前に氷の塊《かたまり》が出現して、そのまま的へと飛んで行き見事に命中した。

「こんな感じだ。じゃあそれぞれやってみろ」

先程《さきほど》と同じように順番に詠唱をしていく。

俺の番だ。恥ずかしい気持ちがなくなったわけではないが二回目だし、吹《ふ》っ切れそうだ。

「ん、んっ。大気に宿る悠久の精霊よ、その零下の息吹を放て。我が求めに応えて、ここにその姿を現せ！　『アイスバレット』」

俺の前に氷の塊が現れた。そして的へと飛んでいき的に命中した。

ただその様は『ファイア』同様普通ではなかった。

一メートル大の氷の塊が的へと飛んでいき、的を台座ごと完全に破壊《はかい》してしまった。

「うん、花岡さんは、もういいんじゃないかな。的がなくなってしまうから。国家機関とはいえ予算は限られてるんだ。そう何個も壊《こわ》されても困るんだ。うん、花岡さんは見学な」

「見学ですか？　俺もみんなと同じように訓練しないと魔法使えないんですけど」

「うん、花岡さんにはこの教本を渡《わた》しておくから人の迷惑《めいわく》にならないように自習な。間違っても詠唱を口にしてはダメだから」

「口にしないと使えるかどうかわからないんですけど」

「うん、まあ、花岡さんは大丈夫でしょ」

「はぁ……」

正直入校して二日目の俺に大丈夫と言われても全く響《ひび》かない。

三ヶ月後に配属となるのにまさかこのまま実地訓練を積ませてくれないなんてことはな

いよな。大丈夫だよな。

火と氷は使えるのがわかったけど、それ以外は使えるかどうかすらわかってないんだぞ。

それからの実地訓練は本当に端《はし》で見学することになってしまった。

他の生徒がいろんな魔法にチャレンジするのを見ているだけだ。

一応みんなと同じ教本はもらえたので、あとで一人で練習してみるしかないかもしれない。

女の子達《たち》が集まって何かを話しているみたいだけどなんとなくこっちに視線を感じるのが見学者の俺にはちょっと辛い。

「ねぇねぇ、花岡さんすごかったね」

「うん、あんなことあるんだ。もうびっくり。やっぱり大人は違うわ～」

「もしかしなくても花岡さんって出世するよね。間違いなくない？　あの感じで将来も間違いないとなれば、ねぇ」

「やっぱり今しかないかも」

ん……やることがないせいで身体が冷えてしまったのか少し寒気がする。

やっぱり俺もみんなと一緒《いっしょ》に魔法の訓練をやりたいが、先生がチラチラとこちらを見てくるのでおかしな真似《まね》はできない。

「私プロテクション系は全然ダメだった」

「私はエンチャント系がダメ」

「私なんか土と風が全滅《ぜんめつ》……」

二時間ほどしてようやくみんなの訓練が終了《しゅうりょう》したようだ。

「花岡さん、今日の放課後はお暇《ひま》ですか？」

「え〜っと市川さん、なにか俺に用ですか？」

話しかけてくれたのは知的な雰囲気《ふんいき》が漂《ただよ》う女子生徒の市川さんだ。

眼鏡女子というのだろうか。眼鏡が似合う美人さんだ。

「よかったら、魔法のことも話し合いたいし食事でもどうかなと思って」

「俺ですか？」

「はい」

市川さんとは話したことなかったけど、なんで俺のことを誘《さそ》ってきたんだろう。魔法の事を話し合いたいと言っているので、もしかして取り残された俺のことを気にかけてくれたのか？

そうだとしたらこんなオッサンにまで優《やさ》しくしてくれる市川さんは天使だな。

その流れで俺は市川さんと一緒に夕食を食べることになったが、彼女の希望でメニューはパスタになった。

俺の四十年に及《およ》ぶソロ人生の中で、わざわざ一人でお店にパスタを食べにいく、なんてことは一度もなかった。食べるなら、コンビニの安パスタが常に定番。お店で食べるなんて、それこそマジで二十年ぶりくらいだろうか。

「花岡さん、美味《おい》しいですね」

「ああ、本当に美味しいですね、やっぱりお店で食べると違《ちが》います」

「お口にあったようでよかったです。ところで花岡さんってすごいですよね」

「え〜っとなにがでしょう」

「魔法です。他のみんなと違うというか別格な感じじゃないですか」

「別格というか、蚊帳《かや》の外というか仲間外れな感じになってますけどね」

「いえ、それも他の人とは違う証明でしょ。すごいです」

「そう言ってもらえると気が楽になります」

今日のことは結構へこんでいたので、社交辞令でも、市川さんの言葉は嬉しい。

「魔力がすごいんですよね」

「すごいというか、数値は高いみたいです」

「そうなんですね。失礼ですが花岡さんのジョブをお聞きしても大丈夫ですか？　ちなみに私はリトルウィッチです」

「リトルウィッチですか。なんかかわいい感じですね。市川さんにぴったりですね」

「そんなことは……花岡さんお上手ですね」

「いや、本当ですよ。それで俺のジョブなんですが大魔導士です」

「大魔導士ですか？」

「はい大魔導士です」

「はじめて聞くジョブですけど、名前だけでも凄《すご》そうですね。さすが花岡さんです」

「恐縮《きょうしゅく》です」

「ふふっ、花岡さん、恐縮ですって、面白《おもしろ》い方ですね」

「はは……恐縮です」

「噂《うわさ》で聞いたんですけど、花岡さんって独身なんですか？」

「あ、ああ、この歳でお恥ずかしい話ですが」

「そうなんですね。ちなみに女性のタイプってどんな感じですか？」

「女性のタイプですか。いや俺に女性をどうこう言う資格はないので」

「花岡さんって紳士ですね」

「いやいや、とんでもないです」

「ちなみに私とかどうですか？」

「え？　市川さんですか？　それはもちろん若くて綺麗《きれい》だと思います」

「若いって私もう二十三ですよ」

「いやいや、若いですよ」

二十三で若くないって俺は四十だよ。

「私も防衛機構に入るにあたってそろそろいい人がいればな、なんて」

「市川さんだったらいくらでもいい人が見つかりますよ」

「そんなことないんです。花岡さんは私なんかどうですか？」

「いや〜光栄です。冗談でもそんなふうに言ってもらえて。防衛機構にはエリートさんがいっぱいいいますから市川さんなら選び放題ですよ」

それからご飯を食べながら市川さんと恋愛《れんあい》談義に花が咲《さ》いた。咲いたといっても俺の経験から話せることは何もないので市川さんの話を聞くだけになってしまったが、若い子の恋愛談義を聞いていると自分も若くなったような錯覚《さっかく》を覚えて、調子に乗ってしまいそうになるから危ない。

市川さんが、今夜は帰りたくないなんて言ってくるから危《あや》うく本気にしてしまうところだった。

本気にしてたら、きっと学校中にオッサンの勘違《かんちが》いキモいと噂が駆《か》け巡《めぐ》ったことだろう。

お酒が入ってなくてよかった。

酒が入るとそんな当たり前の冷静な判断が出来なくなっていた可能性もゼロではない。

翌日からの座学は他のみんなと同様に受けることができたが実戦訓練は、相変わらず端で見学することとなってしまった。

ただ、無駄に時間を過ごすのももったいなかったので、教本を片手に魔法の詠唱を暗記することにした。

結構な時間があったので教本にのっている上級魔法までほぼ全ての種別を網羅《もうら》することができた。

もちろん実際に使えるかどうかはわからないが、覚えておいて損はないはずだ。

教本を見てわかったことだが、上級になればなるほど詠唱が長くなり、そして口にするのが憚《はばか》られるような恥ずかしい文言が並んでいた。

おそらく、俺の両親に詠唱を聞かれたら恥ずかしさで死ねる。

やってみないとわからないが、詠唱の声の大きさが魔法の発動や威力に関係ないのであれば、小声で、可能ならほぼ無音に近い詠唱で魔法を使いたい。

ただ、若い子たちは俺とは違うようで、大声で競《きそ》って発動している。

「大いなる大地に棲《す》まう小霊よ。その力を我に与《あた》え右手に全てを穿《うが》つ槍《やり》を！　おおおお～『ロックランス』」

「やるな！　俺だって。空を舞う白姫《しらひめ》よ！　その高貴な姿を見せ、その流麗《りゅうれい》なる力をここに示せ！　いやあああああ～『ウンドカッター』」

若いってうらやましい。俺は年齢とともに純粋さを失ってしまったのだろう。

ただ、その羞恥心と天秤《てんびん》にかけたとしても魔法を使えるって素晴《すば》らしい。

実習は、ほぼ自習と化してしまっているが、座学は基本的なことからダンジョンのことなど結構多岐《たき》にわたっていて勉強になる。

三ヶ月しかないので集中して聞かないといけないけど二十代のころに比べると頭に入ってくる量が明らかに減ってしまっている気がするので必死に授業を聞く。

おかげで当初よりは知識が増えた気がする。

§

一週間が経過し、約束通り五人で歓迎会を開くことになった。

会場は大谷さんいきつけの居酒屋だったが、かなりいい雰囲気のお店だ。

ただヤングの中にひとりオッサンが混じった感じで、違和感《いわかん》が半端《はんぱ》じゃない。

どちらかというと、先生と生徒って感じすらしてしまう。

「花岡さ～ん、飲んでますか～」

「ああ、中塚さん、飲んでますよ」

「何飲んでるんですか～？」

「レモン酎《ちゅう》ハイです」

「あ～いいですね～。わたしも飲もうかな～」

「中塚さん、結構飲みました？」

「まだまだこれからで～す」

結構お酒が回っているようにも見えるが楽しい感じなので問題はないか。

「あ～中塚さん抜《ぬ》けがけ～。花岡さん、よかったらお酌《しゃく》しますよ」

「木下さん、ありがとうございます。ありがたいんですけど酎ハイなので……」

「じゃじゃ～ん。そう言うと思ってこれを頼んでおきました～。日本酒で～す。名前は銘《めい》酒《しゅ》『俺の酒蔵《さかぐら》』で～す」

「『俺の酒蔵』ってまさかあの幻《まぼろし》の……」

「ああ、そういえばメニューに幻のとか限定とかって書いてました。どうですか？」

「はい、是非お願いします」

『俺の酒蔵』といえばプレミアがついている幻の銘酒。一度飲んでみたいと思っていた。

普段《ふだん》日本酒を飲むことはほとんどないけど、『俺の酒蔵』のことは知っている。

まさか普通の居酒屋で飲めるなんて思ってもみなかった。この機会を逃《のが》すことは絶対にできない。

「はい、どうぞ～」

「ありがとうございます。それじゃあいただきます」

『俺の酒蔵』は、透《す》き通っているがうっすらと琥珀色《こはくいろ》をしている。

ひとくち口に含《ふく》むと芳醇《ほうじゅん》な味わいと甘味《あまみ》が口中に広がる。

そしていつも飲んでいる安酒に比べると明らかに深くそしてまろやかだ。

まるで原料のお米を極限まで磨《みが》き上げ、凝縮《ぎょうしゅく》したかのような味わい。

「うまい」

「あ～よかった。わたしのお酌はどうですか？」

「あ、ああ、普段お酌なんかしてもらうことがないので、お酒の美味しさが更《さら》に深まる気がします」

「花岡さん、お上手ですね」

「いや、本当ですよ。普段は手酌《てじゃく》か缶酎《かんちゅう》ハイですからね。こんなに若くて綺麗な方にお酌をしてもらうなんて恐縮です」

「綺麗……」

冗談《じょうだん》抜《ぬ》きで、こんなに若くて綺麗な人にお酌してもらう機会なんか滅多《めった》にない。

ちょっと申し訳ない気もするけど、『俺の酒蔵』はまだ残っているようなのでありがたく飲ませていただくとしよう。

「あははは～花岡さん、オカシ～。そんなことってあります？　やっぱり大人の男の人って楽しいですね。もしよかったらこの後どうですか？」

「響子《きょうこ》～抜けがけしすぎ。わたしもどうですか～？」

『俺の酒蔵』が効いたのか俺以外の四人は酔《よ》いが回ったようで完全に出来あがってしまっている。

美味しすぎるお酒というのもある意味問題ありかもしれない。

俺もそれほど強い方ではないが、今日は若い女性ばかりなので緊張からかいつもより酔いが浅い。

というより四人がこの状態で俺が酔うわけにはいかない。

「ぶっちゃけ、私たちのことどう思いますか？」

「え？　どうって」

「女としてです。花岡さんからみてどうですか！」

「そりゃあ、俺みたいなオッサンからしたら四人とも若くて綺麗ですし、キラキラして見えますよ」

「本当ですか？」

「嘘《うそ》なんかつきませんよ」

「みんな～花岡さんがわたしたちのこと若くて綺麗でキラキラしてるって！」

「やった～！」

料理も美味しいしお酒もうまい。みんな優しくて楽しいけど、若い子たちのテンションが高すぎてついていくのが精一杯《せいいっぱい》だ。

だが、お酒とは怖《こわ》いもので酔った彼女《かのじょ》たちは無防備に俺へとボディタッチを繰《く》り返してきた。

「やだ～花岡さん。結構鍛《きた》えてるんじゃないですか～」

「いやいや、ほとんどなにもしてなかったんで、ただの贅肉《ぜいにく》ですよ」

「え～ことか結構引《ひ》き締《し》まってるじゃないですか～」

「本当だ～。うちのお父さんと全然違う。やっぱり花岡さんだ～」

「い、いや、三宅さん。そこはちょっと」

「花岡さんっていい匂いがしますね。う～んいい感じ」

「ちょ、ちょっと中塚さん。俺をかいでも加齢臭しかしませんよ」

「え～全然違いますよ～」

こんなやりとりがしばらく続いた。

俺にとってはある意味天国である意味地獄《じごく》だった。

この年になると普通に女性と話をするぶんには特に問題はないけど、さすがにこう近距《きんきょ》離《り》で接触《せっしょく》があると辛い。

別に俺は女性に縁《えん》がないだけで興味が無いわけじゃない。

平静を装《よそお》っていても、こんな近くに若くてきれいな女性がいてこの状況《じょうきょう》。結構ツライ。

ただ、酔いにまかせて調子に乗ると明日からが恐《おそ》ろしい。

鋼の意志で彼女たちのボディタッチを耐《た》え忍《しの》ぶ。

そうこうしているうちに、そろそろお店を出る時間だ。

「ちょっとトイレに行ってきます」

俺は伝票を手に取って先に会計を済ませておく。

　五人で結構飲み食いしたのでそれなりの金額だったが、今日は中塚さんたちが俺のために設けてくれた席だったしありがたい限りだ。

　あとは彼女たちをタクシー乗り場まで送っていかないといけないな。

「お待たせしました。それじゃあそろそろ帰りましょうか」

「じゃあお金を払いま〜す」

「ああ、それは大丈夫《だいじょうぶ》ですよ。帰りましょう」

「え〜そうなんですか〜。は〜い。それじゃあ花岡さんのおうちに帰りましょう」

「賛成〜花岡さんのお家に帰りま〜す」

「いやいや、自分のお家に帰りましょうよ」

「は〜い、花岡さんちがいいで〜す」

　タクシー乗り場についてもそんな問答が続いたが、どうにかタクシーに乗ってもらい自分たちの家に帰ってもらうことに成功した。

　間違っても四人もの若い女の子を俺の部屋にあげるわけにはいかない。

　目につくところに変なものはないと思うが、オッサンのリアルな生活の場を見られたら、明日から軽蔑《けいべつ》されてしまうかもしれない。

　これからの学校生活を快適に過ごすためにもそれは避《さ》けたいところだ。

それにしても、いくら歳が離《はな》れているとはいえ、若くて綺麗な女性にボディタッチされるのは刺激《しげき》が強すぎる。

おかげで『俺の酒蔵』で回ったアルコールが一気に揮発して抜けてしまった。

こんなことがしたくて防衛機構を志したわけではないが、俺も男なので全く悪い気はしない。

それにしてもオッサンとはいえ男を前にあの酔い方は危ない。

彼女たちの事が心配になってしまう。

木下さんって着痩《きや》せするタイプなんだな。中塚さんも……。

いやいや、歳の離れた同級生相手に俺はなにを考えているんだ。

家に着いたら缶酎ハイを飲んで気を落ち着けよう。そうしよう。

§

昨日は楽しくて飲みすぎてしまった。

若い女性を前にして酔うわけにはいかず、飲んでいる最中は、頭もはっきりとしていたし、酔った感覚はなかったけど家に着いて酎ハイを飲んだのがよくなかった。

一気に酔いが回って、眠気《ねむけ》が襲《おそ》ってきた。

どうにかベッドへとたどり着き風呂《ふろ》にも入らずそのまま寝てしまった。

そして朝目が覚めると、当然のように完全なる二日酔《ふつかよ》いになっていた。

ここまでの二日酔いになったのは、まだ自分の限界を知らなかった大学生の時以来かもしれない。

「あ~身体が重い……」

まだ身体のアルコールを消化しきれていないようで、頭が痛いしボ~ッとしてしまう。

喉《のど》が渇《かわ》くので水を飲んでみても、体調は変わらない。

「昨日、シャワーも浴びずに寝たんだなぁ。それにしても中塚さんたちかなり酔っ払《ぱら》ってたな。タクシーに乗せたから大丈夫だとは思うけど。やっぱり若いってすごい。四十のオッサンがああなると、警察呼ばれそうだよ」

大学生の時に一度だけ記憶《きおく》がなくなるほど飲んでしまったことがあるが、朝目を覚ますと、そこには見たことのない天井《てんじょう》ではなく、青い空が広がっていた。

小さな公園の脇《わき》でひとりで寝《ね》ていた。

その日は、同じ大学の学生が三十人ほどいたはずだが、どうしてそんなところでひとり寝ていたのか全く思い出せなかった。

季節は十一月の初旬《しょじゅん》だったので目を覚ました時にはかなり冷《ひ》え込《こ》んでいて、あと一ヶ月か二ヶ月先に同じことをしていたら、目覚めることはできなかったかもしれない。

それ以来、反省して深酒をしないようにしていたのに、『俺の酒蔵』が美味しすぎた。

噂に違わぬ味わいだった。

それに最後はみんな酔っぱらって大変な感じになってしまったが、俺も男だ。

あんなにかわいくて若い女の子たちとお酒を飲めて楽しくないはずがない。

ひとり家で酎ハイを飲むのとは違った雰囲気と楽しさに年甲斐《としがい》もなく調子にのってしまった。

今更《いまさら》ながら彼女たちが無事に帰れたか心配になり、連絡《れんらく》を入れておいたが、すぐに四人からお礼と、また一緒に飲みに行きましょうと返信がきた。

社交辞令だったとしても四人からの返信は嬉《うれ》しかった。

結局、お酒が完全に抜けるのに夕方までかかってしまったので、せっかくの土曜日は一日ゴロゴロして終わってしまった。

夜は卵雑炊《ぞうすい》を作って食べたが、無理をさせた胃袋《いぶくろ》に染《し》み渡ってうまかった。

翌日にはさすがにお酒は抜けていたけど、特にやる事もないので学校の魔法教本を読み返す事にする。

初級の魔法の詠唱は、学校にいる間に全て覚えた。

あとは中級と上級だが、等級が上がるほど、詠唱も長く、そして厨二《ちゅうに》感が増している気がする。

中級以上になると、発動するためには初級と違い、それなりに職業適性が必要となるらしい。

つまり、俺もどの魔法が使えるのかを知るためには実際に詠唱して試《ため》してみないとわからないということだ。

今は実地訓練から外されているが、学校にいる間になんとかお願いするしかない。

自分でも自分の発動した『ファイア』がおかしいことくらいは理解しているので、勝手にひとりで中級魔法を発動してみる気にはなれない。

初級であれなら中級がどんなことになるのか……。

元々、勉強は嫌《きら》いではない。

そして夢にまでみた魔法だ。

俺はこの日、中級魔法の詠唱を完璧《かんぺき》に頭に入れることができた。

翌日からはまた学校生活が始まったが、実地訓練は相変わらず端で見学させられている。

まさか卒業までずっとこのままってことはないよな。

他の生徒たちが、楽しそうに魔法を発動させているのをみて不安になってくる。

「どうされました？　体調でも悪いんですかね。大丈夫ですか？」

「え？　あ、ああ、いやそういう訳ではないんですけど。あなたは？」

「あ～私はあれです。この学校の～なんというか雑用係のようなものです」

そう小柄《こがら》な男性に声をかけられた。

パッと見、六十歳は超えているように見えるし、雑用係と言っているので、定年後再雇用で働いているのかもしれない。

「実はお恥ずかしい話なんですが、実技から外されてしまったんですよ。ハハハ」

「なにか、まずいことをやってしまったとかですか？　この学校で実技を外されるなんてことは普通ないはずなんですけどねぇ」

「あ～まずいといえばまずいことをやったかもしれません」

「もし差し支《つか》えなければお聞きしても？」

「それが、的を壊してしまったんです。それも二台も。知ってますか？　あの的ひとつで百万円以上するそうなんです。それを二台も壊してしまったので、こうして端で見ておくように言われてしまったんです」

「壊したというのは魔法でということですか？」

「はい、『ファイア』で壊れてしまいました」

「それはおかしいですね。あの的は上級魔法にも耐えうる耐久性《たいきゅうせい》を持っているはずですが」

「詳《くわ》しいですね。それが俺はちょっと魔力《まりょく》とかが多いみたいで、そうなってしまったみたいです」

「ちょっと魔力が多いぐらいでは、そんなことには……あぁ、あなたが……」

「どうかしましたか？」

「いえ、そういえば名前も名乗っていませんでしたね。私は北王地と言います」

「ご丁寧《ていねい》に。私は花岡といいます。よろしくお願いします」

「花岡さんですね。それではまたお会いしましょう」

「ああ、学校でお会いするかもしれませんね」

会話を終えると、北王地さんと名乗った男性はその場を去っていった。

それにしても北王地さんか。優しそうな人だな。初めて聞く名前だけど立派な名前だ。

結局、その日も見学するだけで終わってしまったので、かわりに座学だけは集中して受けた。

ただ、この学校にきてわかったことがある。

魔法の呪文《じゅもん》など自分の興味が強いことに関しては、問題なく覚えることができるがそれ以外の勉強については、大学生の時に比べ明らかに覚えられなくなっている。

話には聞いていたが、これが老化というやつか……。

顔については、昔から老《ふ》けているといわれていたので今更だが、脳の老化を実感して衝《しょう》撃《げき》を受けてしまった。

やばい。授業についていくためにも、もっと予習、復習をしないといけない。

だけどある意味外見も中身も本当のオッサンになってしまったみたいで悲しい。

高校までは社会とかの暗記科目はかなり得意としていただけに余計に悲しい。

最近調子に乗って飲み過ぎてたし今日はお酒抜きで家で復習しよう。


翌日、学校に行くと朝、先生から放課後、校長室に行くよう伝えられた。

なんで俺《おれ》が校長室にとは思ったが、先生が結構渋《しぶ》い顔をしていたので、いいことではない気がする。

もしかしたら壊した的を弁償しろとかいわれるのか？

まさか退学ってことはないよな。

座学も頑《がん》張《ば》らないといけないと昨日心に決めたにもかかわらず、呼び出しが気になって授業に集中することができなかった。

休み時間にはクラスメイトも何人か話しかけてくれていたが、上の空で話した内容はよく覚えていない。

老け顔以外は目立ったところのなかった俺は、大学までの学生生活の中で呼び出しをくらったことは一度もない。それなのにまさか四十歳で、しかも校長から呼び出しをくらうとは。

憂鬱《ゆううつ》なまま放課後を迎《むか》え、校長室に向かうことにする。

教室を出ようとしていると陣内《じんない》くんが声をかけてきた。

「よお、オッサン。どうしたんだ？　なんか暗くないか？」

「あ～それが、これから校長室に呼び出されてるんだ」

「校長室⁉　オッサンなんかやったのかよ」

「いや～どうだろう」

「そうか、まあ頑張れよ」

「ああ、頑張るよ」

陣内くんのエールを受けてとぼとぼと廊下《ろうか》を歩いていく。確か校長室はこの突《つ》き当たりのはずだ。

コンコン。

「生徒の花岡です」

「ああ、入ってください」

中から校長の声が聞こえてきたので、緊張《きんちょう》しながら扉《とびら》を開けて中に入る。

中に入ると校長先生と思《おぼ》しき男の人が机の前に座《すわ》っていた。

「あ……れ。あなたは、北王地さん？」

「ああ、花岡さん、呼び立ててすいませんね」

「北王地さん、もしかして……」

「この学校の校長の北王地です」

「あ、昨日は知らなかったとはいえ失礼しました」

「あ～大丈夫。昨日の感じで大丈夫ですよ。校長といっても雑用係みたいなものですから」

「そうですか。それで、ご用件は……」

「ああ、それなんですが、明日から放課後私と課外授業をしませんか？」

「課外授業ですか？」

校長先生と課外授業？　この感じだと俺だけっていう意味だよな。

「はい。この学校はあくまで防衛機構に入るための訓練校です。それが実技を見学という
のは本来あってはならないことなんです。それについては、知らなかったとはいえ私の不

徳の致《いた》すところです。本当に申し訳ありませんでした」

「い、いえ、校長先生のせいではないので」

「実は、生徒の細かいデータは私と教頭しか知らないのです。学校とはいえ個人情報ですからね。なので花岡さんのステータスについては一般《いっぱん》職員は知らなかったんです」

「ということは、校長先生は俺のステータスのことは……」

「もちろん把握《はあく》しています。ただあまりに数字が突飛《とっぴ》なので、疑ってはいました」

「ああ～、そうですよね」

「それに聞いたことのないような数字と職種なので、それがどういったことになるのか考えが及んでいませんでした。本当に申し訳ありませんでした」

「頭を上げてください。それは、もう大丈夫ですから」

「ありがとうございます。的を壊したと聞きました。今まであれを壊した生徒は一人もいませんでした。それを壊したということは、やはりステータス９９９は伊達《だて》ではないということです。しかも初級の『ファイア』でその威力《いりょく》ということは、梅沢が躊躇《ちゅうちょ》したのも理解はできます」

「すいません。壊してしまって。こんな事になるとは思ってなかったんです」

「いえ、それは花岡さんの魔《ま》法《ほう》の威力が想定を超《こ》えていたというだけで、花岡さんには責任のない事ですから」

「そう言ってもらえると」

「ただ、このままでは花岡さんに実技練習をしてもらえないのも事実です。ですから、放課後に私と魔力のコントロールの練習をしませんか？　うまくいけば魔法の威力も調整できるようになると思います」

「的を壊さないでよくなるんですか？」

「なにしろ前例がないのでお約束はできませんが、可能性はかなりあると思いますよ」

「そうなんですね。そういう事であれば是非《ぜひ》お願いします」

「わかりました。それでは明日から放課後、訓練所に集合という事で」

「はい」

北王地さんが、この学校の校長先生だったとは思いもよらなかったが、現状に不安を覚えていた俺にとってはまさに渡りに舟《ふね》。

北王地さんの提案をありがたく受けさせてもらった。

そして早速《さっそく》翌日の放課後、訓練所に向かうと北王地さんは、先に着いて待っていてくれた。

「それじゃあ、よろしくお願いします」

「はい、それじゃあ早速はじめましょうか」

「はい、どうすればいいですか？」

「まず基本的な事ですが、魔力と適性があれば、正しい手順で詠唱《えいしょう》すれば魔法は発動します。ただし同じ魔法でも、術者の資質で威力は異なります。この資質とは魔法に関するステータスと職業にあたります」

「はい、それは授業で習いました」

「そしてステータスが高ければ、それだけ魔法の効果を強く発現できるという意味ですが、魔法の効果に強く干渉《かんしょう》できるということは、魔法の効果をマイナスの方へと作用させることもできるということです。普通《ふつう》はそんなことはしませんが」

「それじゃあ、訓練すれば魔法の威力を弱めることもできるということですね」

「そうです。花岡さんの場合全てのステータスが９９９となっていますので、威力も９９９であれば、それを操作する能力も９９９のはずです。なので必ずできると思います。そして訓練で弱めることができるようになれば、更に強めるようにもできるようになると考えるのが一般的《いっぱんてき》です」

「強くですか。これ以上強くすることに意味があるんでしょうか」

「花岡さん、確かにこの学校だけを考えれば意味はありませんが、卒業すればモンスターとの戦いが待っています。それを思えば魔法の威力はいくらでも強い方がいいと思います」

「そうですね。それはその通りだと思います」

そうだ。俺の目的はこの学校でいい成績をおさめることじゃない。学校を出てから防衛機構でしっかりと役目を果たすことだ。

実際のモンスターがどの程度の力を持っているのかはわからないが、モンスターとの戦《せん》闘《とう》において魔法の威力は強いに越《こ》したことはない。

そのためにも俺も北王地さんに鍛えてもらって、早く実技訓練にも参加できるようになりたい。

「お願いします！」

「はい。それでは早速はじめましょうか」

あらためて北王地さんに教えを乞《こ》う。

ずっと実技から遠ざかっていたしなにをするのか今から楽しみだ。

「それじゃあ、そこに座って目を瞑《つぶ》ってください」

「はい」

「そのまま自分の心臓から放たれている血液の流れを意識してください。魔力の循環《じゅんかん》は血液の循環と重なっています。血液の流れを意識することで魔力の流れを意識できるようになります」
北王地さんに言われるまま、目を閉じて心臓の鼓動《こどう》を感じる。心臓の鼓動を感じること
はできるが、血液の流れと言われても全くわからない。
「どうでしょうか？　だんだん感じることができるようになってきましたか？」
「すいません。全くわかりません」
「いやいや、最初はそんなものですよ。それじゃあ目を開けてください。ひとつ私と握手《あくしゅ》
してみましょうか」
「握手ですか」
そう言うと北王地さんがスッと目の前に手を差し出してきたので、そのまま握《にぎ》り返す。
その瞬間《しゅんかん》、北王地さんの手から熱の波のようなものが俺の身体に向けて伝わってくるの
を感じた。
「どうでしょうか。なにか感じますか？」
「はい、熱の波のようなものが押《お》し寄せてきます」
「さすが花岡さんです。それが魔力です。今私が、花岡さんに向けて魔力を送《おく》り込んだん
ですよ。まずは、自分の中の血液の流れと一緒《いっしょ》にその熱波を感じられるようになれる必要
があります」

「やってみます」

再び目を閉じて心臓の鼓動を感じる。すると先程《さきほど》まで全くなにも感じなかったのに、心臓の鼓動に合わせて温かい何かが身体を回っているのがうっすらと感じられる。

これが俺の魔力。

その感覚にフォーカスして意識してみる。

しばらくすると、うっすらとしていたその感覚が徐々《じょじょ》にはっきりと感じられるようになってきた。

「花岡さん、今度はどうでしょうか」

「はい、今度は感じることができました」

「いやいや、さすが花岡さんですね」

「そんなことは……」

「実は魔力の流れを感じるのは結構難しいんです。普通一ヶ月以上かけて感じられるようになれば優秀《ゆうしゅう》なんですよ」

「え⁉　そうなんですか」

「そうなんです。なので花岡さんはやはり規格外です。すごいのはわかっていましたが、これほどスムーズにいくとは思っていませんでした」

「はぁ、自分ではよくわからないですが、うまくいったなら嬉しいです」

「それじゃあ、今日は今掴《つか》んだ感覚を慣らすために、この訓練を続けましょう」

「はい、わかりました」

結局この日は座ったまま魔力の流れを感じるだけで終わったが、終わる頃《ころ》には意識すれば完全に自分の魔力の流れを感じられるようになっていた。

北王地さんによれば、そのうち意識しないでも自然と魔力の流れを感じているような状態になるそうだ。

魔法に関する実技での進歩を感じることができたのは、これが初めてといっても過言ではない。

まだ初日。僅《わず》かな一歩かもしれないけど素直《すなお》に嬉しい。

正直、一人取り残されてる気がして不安が大きかったけど、これで少しだけ未来が開けた気がする。

§

翌日登校すると、すぐに陣内くんが話しかけてきてくれた。

「オッサン、きのうは大丈夫だったのか？」

「ああ、大丈夫だったよ。魔力の流れを感じられる練習をしたんだ」

「魔力の流れ？　そんなのわかるのか？」

「それが最初はわからなかったけど、手伝ってもらって徐々にわかるようになってきたよ。これから放課後は訓練することになったんだ」

「へ～っ。ところで魔力の流れがわかるとどうなるんだ」

「魔力の威力をコントロールできるようになるそうだよ」

「そうなのか。まあ、俺はとにかく全力で行くだけだ。オッサンも頑張ってな」

「頑張るよ」

実は家に帰ってからも、魔力の流れに意識を向けていた。

酎ハイを飲んでからはさすがに集中することが難しくなって、諦《あきら》めた。

どうやらお酒を飲むと魔力がわかりづらくなるらしい。

とにかくこれから毎日続けるだけだ。


訓練は嘘をつかない。

今日の朝目を覚ますと、明らかに昨日よりもスムーズに魔力の流れを感じることができるようになっていた。

昨日に続き朝から自分の成長を実感できてテンションが上がる。

現金なものだけどテンションが上がると授業にも身が入る。

いつも以上に集中して講義に取り組むことが出来てる。

休み時間には市川さんに、夜に食事でもと誘《さそ》われたが、課外授業のことを伝えて丁重《ていちょう》にお断りした。

本当は市川さんのような人の誘いを断ることは断腸の思いだった。

だが今は魔法を使えるようになることに集中だ。

僅かに進んだとはいえ完全に他の生徒よりも遅《おく》れているんだから。

「それじゃあ、課外授業が落ち着いたらまた誘っても大丈夫ですか？」

「はい、もちろんです。こちらこそよろしくお願いします」

「よかった」

市川さん、なんていい人なんだろう。俺が断ってしまったのに、また誘ってくれるらしい。

社交辞令かもしれないが、それでもやっぱり綺麗《きれい》な女の人に誘ってもらえるなんて独身男にとっては夢のようだ。

俺のやる気とは裏腹に実習はいつも通り見学だ。

今のままなら何度やっても的を壊《こわ》してしまうだけなので、北王地さんと相談して、調整できるようになるまでは今まで通りということになった。

ただ、見ている間にも魔力の訓練は出来る。

身体に魔力を張り巡《めぐ》らせるよう意識しながら魔法教本を暗記していたら、あっという間に時間が過ぎてしまった。

自分なりに充実《じゅうじつ》感を覚えて授業を終え、校長室へと向かう。

「ああ、花岡さん。調子はどうですか？」

「はい、昨日帰ってからも練習したので、昨日よりも上手《うま》く感じることができてます」

「ほ～っ。さすがですね。それじゃあ次にいってみましょうか」

「はい」

次のステップに進めるのか。素直に成長しているような気がして嬉しい。

「魔法を使う時、無意識にですが詠唱と一緒に必ず魔力を込めて放出してるんです。なのでそれを意識して放出する魔力の量を調節できれば、魔法の威力も調節できるということなんです」

「そうなんですね」

「今から花岡さんには、魔法の詠唱なしで魔力の放出だけを練習してもらいます」

「詠唱なしに魔力の放出ですか？」

「はい。初めはわかりやすいように掌《てのひら》からでもいいかと思います。慣れてくれば身体全体から意識した方へ放出できるようになります」

「わかりました。どうすればいいんでしょうか？」

「感じられるようになった魔力の流れをそのまま掌から外へ流すイメージです。念のため訓練所でやってみましょう」

「わかりました」

俺と北王地さんは、昨日と同じように訓練所へと移動して訓練を始めた。

ずっと意識していたおかげで魔力の流れはもうはっきりとわかる。

この魔力の流れを右手に意識する。

なんとなく右手の魔力の流れが増えた気がする。

しばらく、右手を意識し続けると、指先から魔力が流れ出ているような感覚がしてきた。

だけどまだ指先だけで掌から出ている感じではない。

更に掌に意識を集中して、全身を流れている魔力が右手に流れるようイメージする。

「あ、なんとなくでてる気がします」

「本当ですか？　花岡さん、さすがですねぇ。さすがは大魔導士《だいまどう》です」

「そうですかね。でもそんな気がするだけかもしれません」

「いやいや、花岡さんですから、間違《まちが》いないでしょう」

俺だからというのはよくわからないが、褒《ほ》められているようなので悪い気はしない。

「花岡さんにはきちんとお話をしておいた方がいいと思いまして」

「はい、なんでしょう」

「ちなみに私の魔力系ステータスの平均値はどのくらいだと思われますか？」

訓練校の校長先生までしている北大地さんの数値が低いはずはないが、俺の９９９は少しおかしいようなのでそれを考えても半分の５００ぐらいだろうか。

「５００くらいでしょうか」

「はは、それはまた。私の平均値はだいたい１００です」

「１００ですか」

「はい、これでも高い方です。他のステータス同様魔力系の平均的な数値は５０前後ですから」

人のステータスなんか気にしたことがなかったから知らなかったが、魔力系のステータスも平均値は５０だったのか。それじゃあ俺の９９９って。

「花岡さんの数値がいかに高いか理解してもらえましたか？」

「え、ええ」

「実は花岡さんの職業の大魔導士ですが、過去に一人だけいたそうです」

「えっ、本当ですか？」

「はい。六十年以上前のことになりますが。つまり記録されている上では花岡さんは史上二人目の大魔導士ということになります」

「史上二人目ですか」

「はい。ごく稀《まれ》に魔導士という職業を持った方が現れることがあるのですが、大魔導士の職業はあまりにレアすぎて、遺伝なのか突然《とつぜん》変異的なものなのか、出現条件が全く解明されていません」

出現条件……。

それってたぶん『**四十歳童貞**《さいどうてい》』だよな。

それにしても四十歳童貞は過去六十年以上遡《さかのぼ》っても俺が二人目なのか？　まあ、この早婚《そうこん》の世の中でそうはいないと思っていたが、そこまでか。

いや、もしかしたら他にも何か条件がある可能性もゼロではないか。

「その名が示す通り、大魔導士は全ての魔《ま》法使《ほうつか》いの頂点といっても過言ではありません。

現状、我《わ》が国《くに》では十二人の魔導士《まどうし》が魔法使いの頂点。円卓《えんたく》の魔法使い、聖なる十二人ホーリートゥエルブがその座についています」

「聖なる十二人ですか。なにやらすごい名前ですね」

「彼《かれ》らはかつて防衛機構のエースとしてモンスター討伐《とうばつ》の先陣《せんじん》を切って戦っていた人達《たち》です。そして彼らの魔法ステータスは開示されてはいませんが３００～４００程度ではと言われています」

３００～４００か。数字をあげられてもよくわからないけどたぶんすごいんだろう。

聖なる十二人だもんな。

魔法だから聖っていうより魔《ま》な気がするけど聖の方が凄《すご》そうではある。

「今は年齢《ねんれい》もあり半数は組織のトップとして座していますが、その力は他の職員とは一線を画しています」

「そうなんですか」

「大魔導士はその魔導士の更《さら》に上位職と言われています。ひとつクイズです。史上唯一《ゆいいつ》の大魔導士はどのような人生を送ったと思われますか？」

「それは、魔導士より上なのであれば、モンスターを倒《たお》しに倒して防衛機構の重役にでもなったんじゃないですか」

「いえ、残念ながらそうはなりませんでした。その方はダンジョンでモンスター相手に自爆《じばく》して早逝されてしまいました」

「自爆⁉　それってもしかして」

「はい。今の花岡さん同様、魔法の威力が強すぎてダンジョン内で大爆発《だいばくはつ》を起こし亡《な》くなったと伝わっています。配属されて一ヶ月後の出来事だったそうですが、花岡さんと同じ四十歳《さい》だったそうです」

「一ヶ月⁉」

まじか……。

衝撃の事実に言葉を失ってしまう。

配属されてたったの一ヶ月で亡くなったのか！

しかも俺と同じ四十歳。とても他人事とは思えない。

俺もこのまま卒業して配属されてしまったら同じ運命を辿《たど》るかもしれない。

しかも四十歳童貞のまま。

せっかく四十歳にして魔法が使えるようになって憧《あこが》れの防衛機構にあと二ヶ月頑張れば入れるところまできたのに、自爆して死ぬ運命だけは避けなければならない。

「北王地さん！　早く訓練を再開しましょう。せっかく魔法が使えるようになったのに俺は死にたくありません」

「わかっていますよ。ただ、そういう可能性もあったということだけ頭に入れておいていただければ大丈夫《だいじょうぶ》です」

「それはもちろんです」

俺はここで北王地さんに出会えてラッキーだった。

史上二人目の大魔導士も配属とともに即爆死《そくばくし》なんてことになったらいやすぎる。

防衛機構に入ることを決めた以上、多少の危険があることは織《お》り込み済みだ。最悪、モンスターと戦って死んでしまうことも考えた。

ただ、自分が自爆することは想像出来なかった。

もちろん、そんな覚悟《かくご》は出来ない。

そこから俺の集中力は今までにないほど高まり、超速《ちょうそく》で次の段階へと達した。

それは魔力の放出量の調整。

これを行うことで、実際詠唱した時に魔力を絞《しぼ》れば威力も減衰《げんすい》するらしい。

今は詠唱なしなので魔力の放出量だけに集中している。

現場では実際にあの詠唱をしながらこれを同時に意識するとなると格段に難易度が上がりそうだ。

北王地さんの指導がいいのだろう。

この場においてはそれなりに形になってきている気がする。

「やはり、花岡さんはすごいですねぇ。この二日でここまでできるとは思ってもいませんでした。ここまでできれば、もう少しで魔法を使っても大丈夫だと思いますよ」

「本当ですか⁉」

北王地さんの言葉にテンションが一気に上がる。

魔法が使えるようになる。

俺の夢だった魔法使いになれる日がすぐそこに迫《せま》っていると思うと、いてもたってもいられなくなってしまった。

それから、俺は休みの日を除いた放課後、毎日のように北王地さんに付き添《そ》ってもらい訓練に明け暮れた。

何度かクラスメイトが食事会とかに誘ってくれたけど、断腸の思いで丁重にお断りして訓練に没頭《ぼっとう》した。

若い女性が誘ってくれることなんか、俺の人生でもうないかもしれない。

だけどここで気を緩《ゆる》めてしまうと自爆まっしぐらだ。

まさか四十歳にして断腸とはどのような気持ちなのか身をもって知ることになるとは思ってもいなかった。

そして、腸がちぎれるくらい没頭したおかげもあり、北王地さんとの訓練開始から二ヶ月。

ついにその日を迎えた。

北王地さんから魔法を使う許可がおりた。

今回の訓練で魔力を流してみてわかったことだが、強く流すのは凄く楽で簡単だった。

逆に弱く調整するのは想像以上に難しく苦戦してしまった。

正直、北王地さんの「もう少し」というセリフにてっきり数日でできるようになるのかと楽観視していた部分はあった。

俺の出来が悪いのもあったと思うけど甘《あま》かった。

実際に北王地さんに認められるまでほぼ二ヶ月かかってしまった。

ここまで長かった。

既《すで》に学校卒業がもう十日後に迫っている。

本当にギリギリだったけどどうにか間に合った。

「それじゃあいきますよ。的が燃えたらすいません」

「頑張りましたから花岡さんなら大丈夫ですよ」

北王地さんの言うことを信じる以外にはない。

この二ヶ月自分なりに頑張ってきた。

思い切って魔法を使ってみる。

もちろん思い切るのは気持ちだけで魔法は魔力の流れを集中してコントロールしながら使ってみる。

発動してみるのは、前回俺が的を壊してしまった『ファイア』だ。

「この現世に住まう精霊《せいれい》よ、我が盟約に従いここにその力を示せ。原初の炎《ほのお》よ舞《ま》い踊《おど》れ！

『ファイア』」

詠唱が終わると同時に一気に的が燃《も》え上がる。

炎は蒼《あお》い。ただその大きさはサッカーボール程度だ。

ヒヤヒヤしながら的を注視するが、しばらくすると炎が収まり魔法が消失した。

「できた」

「花岡さん、お見事です。まだ威力が強い節は見受けられますが的も燃え尽《つ》きることもありませんでしたし合格です」

「ありがとうございます！」

やった！

この日、俺はついに魔法を使うことができた。

最初に『ファイア』を使ってから長かった。あれから二ヶ月半、魔法をちゃんと使えるようになってよかった。

ギリギリだったけど、どうにか卒業試験を迎えられそうだ。

これで、防衛機構に入っても爆死《ばくし》エンドは迎えずに済みそうで心の底から北王地さんへの感謝が湧《わ》いてきた。

§

俺が魔法を使えるようになった三日後に卒業試験が行われた。

初日に筆記試験がみっちり五時間。

記憶力《きおくりょく》が落ちたとはいえ、みんなが実技に勤《いそ》しんでいた時間俺はずっと魔法書を読んでいた。座学も必死にくらいついた。さすがにこの試験に落ちるわけにはいかない。

しっかりと準備して臨《のぞ》んだ試験は問題なくほとんどの問いに答える事が出来た。

合格点が分からないけど、落ちる事はまずなさそうだ。

「オッサ〜〜ン」

「陣内くん、どうかしたのか？」

「俺、やっちまったかも〜〜」

「もしかして試験か？」

「ああ、自慢《じまん》じゃないけどわかんねえとこだらけだった。これで落ちてたらうちの奥《おく》さんに殺される。やべえええええ〜〜」

陣内くんは、あまり勉強が得意じゃないのかもしれない。

「花岡さん、どうでしたか？」

「まあ、いけたと思います。中塚さんは？」

「私も大丈夫だと思います」

正直、まじめにやってればいける内容だったんだよな。

陣内くんが心配ではあるけど、明日はダンジョンでの試験だ。

体調を整えて明日に備える必要がある。

明日は五人一組で最寄《もよ》りのダンジョンに潜《もぐ》るらしい。

組み分けは、俺と陣内くんと市川さん、それに大西さんと別所さんと一緒に潜ることとなった。

試験には学校の講師が一名付《つ》き添うことになるそうだ。

§

翌朝、いよいよダンジョンへと向かう。

昨日は今日に備えて缶酎《かんちゅう》ハイも封印《ふういん》して早く寝《ね》たので体調は万全《ばんぜん》だ。

「それでは、ダンジョンに潜りましょうか。伝えている通りこの試験に合格するためには、メンバーが欠けることなく六時間以内にダンジョンに置かれている指定の目的物を持ち帰ることです。誰《だれ》かが脱落《だつらく》したり、目的を達せず戻《もど》るようなことがあれば、もう一度学校に通いなおしてもらいます」

卒業試験というくらいだから落ちることもあるとは想像できたけど、もう一度通いなおしとは結構厳しい。

十代の三ヶ月と俺《おれ》にとっての三ヶ月は意味が違《ちが》ってくる。

絶対に合格しなくちゃいけない。

「それでは、スタートです」

担当試験官の合図で五人揃《そろ》ってダンジョンへと入る。

他のグループは一時間ずつ時間をずらして試験開始となるらしい。

これも試験だからだと思うけど、このダンジョンについては何も聞かされていない。

「オッサン、どうする？」

「そうだな。まずは隊列を組んでモンスターに備えようか」

「おお、それじゃあ俺が前だな」

陣内くんはストライカーで攻撃《こうげき》適性があると言ってたからそれがいいだろう。

女性三人に確認《かくにん》してみるが、当然初めてのダンジョンに緊張しているようなので後ろに付いてもらい俺が間に入る事にする。

六時間か。

長いな。

ここが地上なら六時間くらいなんともないけど初めてのダンジョン。

密閉され、空がないこの空間にいるだけで襲《おそ》って来るプレッシャーは計り知れない。

どうするかな。

「それじゃあ、とりあえずしりとりでもやりますか」

「ちょっとまて、オッサン。なんでダンジョンまで来てしりとりなんだよ」

「いや～ちょっと、遠足みたいじゃないか？　クラスメイトでグループだし」

「遠足？　気楽なもんだな」

「みなさんもどうですか？　六時間もやることないですし」

「いいですね。やりましょうか」

市川さんはやってくれるらしい。もしかしたら俺の意図を汲《く》んでくれたのかもしれない。

「じゃあ私も」

「やりましょう」

「しょうがねえな。じゃあ俺もやる」

五人でしりとりをしながらダンジョンを歩き始める。

担当の試験官は最後尾《さいこうび》からついてきている。

「それじゃあ、俺から行きますね。まずは、ダンジョン」

「おい、オッサン、いきなりやらかすんじゃねえよ」

「あ、本当だ。すいません。年ですかね～」

「ははは、っ、笑えね～」

いや、陣内《じんない》くんしっかり笑ってるよ。

どうやらほかのメンバーも笑ってくれたようだ。

これで少しは緊張《きんちょう》が解けるといいけど。

目的物の位置が記されたマップは渡《わた》されている。

座学でもこんなシチュエーションの対処法は学ばなかったけど、この指定物を持ち帰らなければ卒業できないのであれば行くしかない。

みんなと相談して別所さんにマップのナビゲーションをお願いして探索《たんさく》を開始する。

途中休憩《とちゅうきゅうけい》も挟《はさ》むだろうから片道およそ二時間くらいでは辿り着く必要がある。

俺が提案したしりとりだけど、緊張をほぐす効果はあったけど思ったほどは続かなかった。

陣内くんが今どきのゲームを提案してくれていろいろやってみたけど、基本負けるのは俺だ。

やはり若い子達の頭の回転についていくことは難しいのかもしれない。

「おい、オッサン、なんかいるぞ」

「みんな、気を付けて。いつでも詠唱できるように準備を」

試験用に一応はナイフを渡されてはいるけどモンスター相手には心許《こころもと》ない。

ここが試験用のダンジョンなのであればモンスターのランクは低いのかもしれないけど、やはり魔法で対処するのが正解だろう。

その場で足を止め前方の様子を窺《うかが》う。

確かに何かの鳴き声のようなものが聞こえるな。

「ギ～ッ、ギ～ッ、ギ～ッ」

耳障《みみざわ》りな音が聞こえると同時に、前方から高速で何かが飛び出してきた。

「ホーンラビット！」

座学で習った。

角の生えたウサギ型のモンスターだ。

大きさはそれほどでもないけど、高速でその頭に生えた角を突《つ》き刺《さ》してくる凶悪《きょうあく》なモンスターらしい。

見た目は可愛《かわい》いけど、注意が必要だ。

「へっ、上等だ。初モンスターは俺がやってやるぜ。丸焼けになれよ。この現世に住まう精霊よ、我が盟約に……おい、動くなよ！」

陣内くんが『ファイア』の詠唱をはじめるが、ホーンラビットが高速移動しながら攻撃をしかけてくるので詠唱を終える事が出来ない。

確かに学校じゃ止まった的相手がほとんどで高速移動の敵相手には練習したことがない。

完全に準備不足と経験不足だ。

「後ろの三人はそれぞれ魔法《まほう》の詠唱を始めてください」

陣内くんはホーンラビットに翻弄《ほんろう》されて指示を出せる状態じゃない。

俺は後ろの三人に指示を出して自分はナイフを手にして陣内くんの横へと上がる。

「陣内くん、二人で時間を稼《かせ》ぐんだ！」

「お、おお」

陣内くんも、魔法の詠唱をあきらめナイフを構えてホーンラビットの動きに備える。

こちらが二人になったことでホーンラビットが警戒《けいかい》して距離《きょり》をとった。

このまま、後方のメンバーが魔法を放つまでやり過ごしたいところだ。

やるぞやるぞという見せかけの気迫《きはく》を漲《みなぎ》らせ、ホーンラビットの警戒を促《うなが》す。

陣内くんも落ち着いてきたらしく俺の意図を理解して、深入りせず距離を保ったまま威《い》嚇する。


「この現世に住まう精霊よ、我が盟約に従いここにその力を示せ。原初の炎よ舞い踊れ！

『ファイア』」

「その翼《つばさ》は敵を裂《さ》き、その吐息《といき》は空を穿《うが》つ。幾千の刃《やいば》を纏《まと》いしその気高き咆哮《ほうこう》を敵に示せ
『ウィンドスピア』」

「敵を穿て、その力は大地の力。母なる力をその小さき弾《たま》に内包し全てを貫《つらぬ》け。『ロック

バレット』」


後衛三人の魔法が発動し、次々にホーンラビットへと襲いかかる。

意識を俺と陣内くんへと割《さ》いていたホーンラビットは魔法の直撃《ちょくげき》をくらい、三発目にはその姿を消していた。

どうにか退ける事が出来たようだ。

五人いたからどうにかなったけど、やっぱりモンスターだ。

ホーンラビットとはいえ気を抜《ぬ》くとやられていたのはこちらだ。

「ふ～～オッサン助かった。あ～～ちくしょ～もう少しうまくできると思ったんだけどな～」

「いえ、初めてのダンジョンで初めてのモンスター相手に無傷で切り抜けたんです。悪くないと思います。市川さん達もありがとうございました」

「いえ、花岡さんの指示が無かったら、どうしていいかわからなかったかも」

「私も陣内くんが戦ってるのを見てあたふたしてただけだし」

「そうですよ。さすがは花岡さん。やっぱりこのチームはチーム花岡でいきましょう」

さすがと言われるようなことをした覚えはない。

ただ、サラリーマン生活の中で人に指示を出すこともあったし、年の功で少しだけ落ち着いてただけだ。

それでも褒めてもらえるのはありがたい。

ただ、チーム花岡ってなんだ？

「はじめてでちょっとバタついたところもあったので、戦い方というか役割をもう少し整理しておきましょうか」

「おう、さすがオッサン。やるな」

「そうでもないよ」

やはり、弱そうなモンスターだったとしても、こちらは素人《しろうと》に毛が生えた程度の経験しかない。

ひとりでどうにかしようというのは無理があった。

それに近接戦闘《せんとう》は難度が高いように感じる。

俺よりも若くて動きのいい陣内くんであれだ。

当然、俺も難しいだろう。

やはりモンスターと戦うなら遠距離《えんきょり》からの魔法攻撃《まほうこうげき》だろうな。

さっきは咄嗟《とっさ》の事に俺も前に出たけど、次も上手くいくとは限らない。

前衛の盾《たて》役を魔法に肩代《かたが》わりしてもらうのがいいんじゃないだろうか。

魔法の盾でモンスターをその場へと留《とど》め、さっきみたいに後衛の人にとどめをさしてもらう。

今後の戦い方を五人で擦《す》り合わせる。

陣内くんには、盾を突破《とっぱ》してくるような敵がいた時に対応してもらう事にする。

「花岡さん、またホーンラビットです」

「わかりました。俺が前で押さえます。みなさんは魔法でとどめをお願いします」

「「はい」」

「この盾は、すべてを護《まも》る絶対の擁壁《ようへき》。あらゆる敵を弾き、我に光の加護を授《さず》けよ。我は拒絶《きょぜつ》し我は決意す『マジックシールド』」

俺の目の前に薄《うす》い水色に光る魔法の盾が現れる。

不可侵《ふかしん》の盾『マジックシールド』を発動するのは俺の役目だ。

これを抜かれたらみんなに危害が及《およ》ぶ。

慎重《しんちょう》にコントロールしながら、少し多めに魔力《まりょく》を込《こ》める。

ホーンラビットがその額に生えた角で何度も魔法の盾に突進《とっしん》してくるが、盾が崩《くず》れる様子はない。

さすがは魔法の盾だ。

モンスターの攻撃をものともしない。

後方から三人の攻撃《こうげき》魔法が飛んできてホーンラビットを消し去ることに成功した。

さっきより、スムーズに倒せた。

「オッサン、俺やることないんだけど」

「えっ？　陣内くんがやることないってことは、危険がなかったってことだから」

「まあ、そうなんだけど」

陣内くん若いな。

「漏《も》れた敵は陣内くんがお願いします。絶対の布陣《ふじん》ですから」

「わかったよ」

陣内くんの気持ちもわからなくはないけど、女の子もいることだし安全第一だ。

陣内くんだって何かあれば、奥さんが悲しむことになるんだから。

「ねぇ、ねぇ。『マジックシールド』ってあんなだっけ」

「学校で試《ため》したときはもっと小さくて薄かったと思う」

「そうだよね。花岡さんのって前面をほぼカバーしてるしなんか頑丈《がんじょう》な気がする」

「花岡さんですから。普通《ふつう》とは違うんだと思います。でも、そのおかげで私達も安全だし」

「たしかに。安全感というか、花岡さんいるだけで安心感がすごいよね」

「わたし花岡さんと同じチームで良かった」

「それ言えてる。カッコいいし」

「うん、大人って感じ」

「仕事の出来る人って感じするよね」

「間違いないよ」

後衛の三人が何か話《はな》し込んでるようだけど、上手く倒せたし、連携《れんけい》の確認でもしてるんだろう。

やっぱり上手くいった時こそ見直しは大事だからな。

「オッサン、このダンジョンってホーンラビットしか出ねえのか？」

試験官の方に目線をやるが反応はない。

「どうだろうな。まあ一階層だしそんなに強いモンスターは出ないのかもしれないな」

「まあ、試験はその方が助かるけど」

普通に考えて、実戦経験のないこのタイミングでそれほど強いモンスターが現れるダンジョンに放《ほう》り込まれるとは考え難《にく》い。

ダメもとで試験官に尋《たず》ねてみたけど、当然答えてもらえることはなく完全無視されてしまった。

すこしくらい話をしてくれてもいいんじゃないかとも思ったけど、職務に忠実なのだろう。

気を取り直し、目的地へと向かう。

「別所さん、あとどのくらいかわかりますか？」

「マップを見る限りだと、あと半分くらいじゃないかな」

時計を確認すると、ダンジョンに入ってから一時間ほどが経過しているので、結構順調にきてるな。

「予定通りですね。残り半分、気合を入れて頑張《がんば》りますか」

そこから、目的の場所までは特に変わったこともなく順調に進むことが出来た。

途中《とちゅう》、ホーンラビットと何度か戦闘となった。

複数現れた時はマジックシールドに込める魔力を増やしてカバーする範囲《はんい》を広げて対応すれば問題なく倒すことが出来た。

「花岡さん、あれですね」

別所さんが指した場所には紙が置かれていた。

確認すると紙には『戻るまでが試験です。気を抜かずに頑張ってください』と書かれていて北王地さんの署名捺印《なついん》がされていた。

「よかった。どうやらこれで間違いないようですね」

「おおっ、これで俺も卒業決定だな」

「いや、ここにも書かれてるように戻るまでが試験だから。地上に戻るまでは気を抜かずに行こう」

それに陣内くんの場合は筆記試験の出来にもよると思う。

とにかく別所さんのナビゲートも適格だしここまでは順調だ。

慣れればホーンラビットはそれほど難度は高くない。

このままなら問題なく帰れそうだ。

もし、試験に失敗するとすれば気を抜いた帰り道の方が可能性は高い。

さすが北王地さん、言葉に含蓄《がんちく》がある。

試験官の方を見ると、今度は頷《うなず》いてくれた。

あとは、しっかり戻るだけだけど、そういえば先に入ったグループとすれ違ってもない。

どうやら、チームごとに目的地とルートが違ったらしい。

俺達《おれたち》はここまで順調にこれたし、当たりのルートだったのかもしれない。

「せっかくだし帰りも、しりとりしますか」

「いや、しりとりはもういいって」

「どうせなら恋《こい》バナとかしません？」

「それいいかも～」

「せっかくだしね」

なっ⁉　恋バナ？　恋バナってあの恋バナ？　なんでダンジョンで⁉

いや、落ち着け。俺は聞き役に徹《てっ》すれば二時間くらいなら何とかなる……か？

「おおっ、オッサンの恋バナとか興味あるな」

うっ……陣内くん何を。

「あ～花岡さんの事聞きたいかも～」

別所さんまで。

「興味ありますね」

市川さんも。

「ぜひぜひ」

大西さん……。

「え～っと、ここは唯一の既婚者《きこんしゃ》である陣内くんのお話をお伺《うかが》いするのが一番参考になるのではないかと」

「え〜っ、俺かよ」

「是非《ぜひ》聞きたいですね」

「別にいいけど。うちの奥さんとはひとめぼれだ」

「ひとめぼれですか」

「おう、会った瞬間電撃《しゅんかんでんげき》が走ったんだよ」

「電撃ですか」

「ドガ〜ンときたぜ。それから猛《もう》アタックしたってわけだ」

「それは何歳《なんさい》くらいの時ですか？」

「十五だったかな」

「そうなんですね」

十五歳で、雷《かみなり》に打たれるような相手と出会って、結ばれるって映画か何かみたいだな。

俺が十五歳の時は……。

うん、悪くはなかった。

生活の中に女の子がかかわってくるような青春イベントは皆無《かいむ》だったけど、それはそれで楽しくやってた気がする。

「陣内くん、やるじゃないですか。私もそんな相手に会いたいな」

「市川さん、これぱっかりは運命だからな」

「うらやましいな。ねえ、花岡さん」

「え？　はい、羨《うらや》ましいです」

「そうだろ、そうだろ。オッサンも早く結婚《けっこん》しろよ」

「はは……」

「それはそうと、次はオッサンの恋バナだろ」

陣内くん恨《うら》むぞ。

「私も花岡さんのお話聞きたいです。是非参考にさせてもらえたら」

「あ〜そうですね〜」

参考にって参考にするような話はないんだ。

ないんです。

本当に何もない。

詰《つ》んだ。

「花岡さん、モンスターです」

大西さんが敵の出現を知らせてくれる。

「皆《みな》さん、切り替《か》えていきましょう」

天の助けか！　完全に詰んだ状態から、どうにか抜け出せた。

いや、モンスターが天の助けってことはないけど今だけはありがたい。

「皆さん、ちょっと待ってください」

突然《とつぜん》試験官が声を上げた。

ダンジョンで初めて声を聞いたけど、どうかしたんだろうか。

「おかしいです。急激に魔素《まそ》が濃《こ》くなっています。これは……」

魔素ってたしか、ダンジョンの中で観測されてる空気中の成分で、モンスターの増減や活性化に影響《えいきょう》があるのではと考えられてるんだったか。

目を凝《こ》らすと、ところどころ周囲が雪の結晶《けっしょう》のようにキラキラと蒼白《あおじろ》く光っているようにも見える。

これが魔素？

魔素って視認《しにん》することが出来るのか。

だけど、さっきまではこんなことはなかったのに。

「ホーンラビットじゃないぞ！」

その数は三。

初めてみるモンスターだ。

この階層にもホーンラビット以外のモンスターがいたようだ。

その姿は何回か戦ったうさぎの姿ではなく、トラに近い。

大型の猫《ねこ》のような姿をしているが、その風貌《ふうぼう》は完全な肉食獣《にくしょくじゅう》だ。

あきらかにホーンラビットよりも強そうに見える。

「皆さん、逃《に》げてください！」

？？？　逃げろというのはどういう意味だろうか。

モンスターを前にして逃げるってそんなことあるのか？

「あれはこの階層にいるべきモンスターじゃありません。今の皆さんでは危険です。私が時間を稼ぐので逃げてください」

そういうことか。

「え？　どういうこと？」

試験官の声にメンバーに動揺《どうよう》が走る。

たしかにホーンラビットよりはかなり強そうに見えるけど、試験官の人でも手に余るほどか。

もしかしたら、魔素が視認できるこの状況《じょうきょう》も関係しているのかもしれない。

だけど、時間を稼ぐって俺達が逃げたあと試験官の人はどうするんだ。

もし一人で倒《たお》せるのならそんな言い回しにはならないはずだ。
それって試験官の人が逃げ切るのは無理って事じゃないのか？
試験官の人が俺達の犠牲《ぎせい》になるって事か？
「おい、オッサンどうすんだよ」
本当は試験官の指示に従うべきなんだろう。
実力の劣《おと》る俺がいても足を引っ張るだけかもしれない。
だけど、この状況で試験官を置いていくことは出来ない。
昔からヒーローに憧《あこが》れた。
ヒーローを夢見て、ずっとヒーローになりたかった。
魔法《まほう》を夢見てずっと魔法使いになりたかった。
三十歳《さい》で魔法使いには成れなかったけど、四十歳を迎《むか》えた今の俺は大魔導士《だいまどう》だ。
そしてヒーローになれるかもしれない魔法という力も手にした。
そんな俺が試験官を見殺しにする？
それはない。
俺が憧れたヒーローはそんなことはしない。
そんなことをしてしまったら、たとえこの場を助かったとしても、俺はこれから防衛機構に入る意味を失ってしまう。

ヒーローは人を助けるものだ。

ピンチの時必ず現れてみんなを救う。

それがヒーローだ。

俺はそのために大魔導士になったんだ！

ここでやらなきゃいつやるんだ花岡修太朗！

「陣内くん達《たち》は逃げるんだ」

「は？　オッサンは？」

「俺はここに残るよ」

「花岡さん？」

「市川さんも逃げてください。俺は後から追いかけますから」

「そんな……」

「大丈夫《だいじょうぶ》ですよ。これでも俺、大魔導士ですから。それにこういう時は年長者が残るものですよ。さあ急いでください」

「無理ですよ。一緒《いっしょ》に逃げましょう！」

「いや～恥《は》ずかしい話なんですが、実は久しぶりに長時間歩いたせいか足が痛くて走れそうにないんです。年は取りたくないですね〜。すいません、後からゆっくり歩いて戻りますから大丈夫です。皆さんは先に行ってください」

「花岡さん、バカなことを言ってる場合じゃないんです。私が食い止めますからあなたも早く！」

「いや〜〜ピンチですね〜」

「なにを……」

「ピンチをチャンスに、なんて。失礼ですがたぶん試験官さんも俺と同じくらいの年ですよね。若い人達のためにってカッコよくないですか？　ここはオッサンパワーの見せ所でしょう」

「オッサン、冗談《じょうだん》言ってる場合じゃねえぞ」

「陣内くん！　かわいい奥さんが待ってるんでしょう。運命の人なんでしょう。市川さんも運命の人がきっと待ってます。早く行ってください！」

「だけどよ！」

「こんな時くらいオッサンにカッコつけさせてください」

「……わるい。絶対帰って来いよ」

「大丈夫ですよ。女の子達を頼《たの》みました」

「わかってる！」

「花岡さん！　陣内くん？」

「俺達がいても役に立たない。みんな行くぞ！」

「で、でも」

「別所さん、大丈夫ですよ。元サラリーマンを舐《な》めちゃだめです。このくらいの修羅場《しゅらば》は何度も潜《くぐ》り抜けてるんです。楽勝ですから」

「花岡さん……」

「大丈夫です。オッサンの意地を見せてやりますから」

自分でも、何を言っているのかよくわからないところもあるけど、今はこれが精一杯《せいいっぱい》だ。

精一杯強がって、笑顔《えがお》で別所さん達の背中を押す。

「花岡さん、わかりました。私が道を開きます！　悠久《ゆうきゅう》の大地に座し全ての礎《いしずえ》たるその力を貸したまえ。その強固な意志をここに示せ『アースフィスト』」

試験官が魔法を放ちモンスターが左右に割れ、道が出来る。

「行ってください！」

陣内くん達が走って、奥へと抜ける。

「こっちだぞ！　こっちだ！」

声を上げトラっぽいモンスターの注意をひく。

名前がわからないので、見た目と違ってちょっとかわいいけどトラモンとしておこう。

初見のモンスターに俺が出来ることは限られている。

ダンジョンでまだ一度も使っていない攻撃魔法はここで使うべきじゃない。

このダンジョンで何度か使用した『マジックシールド』でモンスターの動きを抑《おさ》える。

「この盾は、すべてを護る絶対の擁壁。あらゆる敵を弾き、我に光の加護を授けよ。我は拒絶し我は決意す『マジックシールド』」

『マジックシールド』に今まで以上の魔力を込め、前面ではなく陣内くん達の背を護るように展開する。

これで彼《かれ》らが逃げる時間くらいは稼げるはずだ。

「試験官さん、申し訳ありませんが攻撃はお任せします」

「田淵《たぶち》です」

「田淵さん、いっちょ頑張ってみますか」

「花岡さん、かっこいいですね。ヒーローみたいですよ。実は、皆さんに逃げろとは言ってみたものの一人残ることに少々ビビってたんです」

「いやいや、田淵さんのほうがずっとイケてます。俺なんか、まだかなりビビってますけど」

「はは、四十歳のルーキーですもんね」

「ええ、脚《あし》ががくがくしてますよ。まだ防衛機構に入隊もしてないですから、こんなとこで死んでられないです。ここを切り抜けたら防衛機構に入ってちょっとはモテてみたいです」

「いや〜花岡さんが防衛機構に入ったら女の子が放っておきませんよ」

何度かモンスターが陣内くん達を狙《ねら》い『マジックシールド』に攻撃をかけるが、なんとか逃げ切ることができたみたいだ。

「まあ、ないと思いますけど、そんな夢見て頑張るのもアリですかね」

「とにかく生き残りましょう」

「それじゃあ、やりますか」

「花岡さん、帰ったら一杯《いっぱい》どうですか?」

「いいですね〜。是非」

厳しい状況だからこそ、こんな会話が心の支えとなる。

「この盾は、すべてを護る絶対の擁壁。あらゆる敵を弾き、我に光の加護を授けよ。我は拒絶し我は決意す『マジックシールド』」

暴発だけはしないよう意識し魔力マシマシで魔法の盾を前面へと展開する。

モンスターの一匹《ぴき》が『マジックシールド』へと突進してくるが、問題なく弾《はじ》き返す。

「いや、花岡さんの『マジックシールド』やっぱりおかしいです。なんですかその強度。今はそれが心強いですが」

別におかしくはないと思うけど、トラモンにも魔法の盾は十分通用している。

ただ、ホーンラビットと比べてもトラモンの動きは素早《すばや》い。

「悠久の大地に座し全ての礎たるその力を貸したまえ。その強固な意志をここに示せ『アースフィスト』」

弾かれたモンスターに田淵さんの魔法が襲いかかる。

「ギャン」

確実にダメージを与《あた》えてはいるが消失には至らない。

一発ではダメか。

やはり耐久力《たいきゅうりょく》もホーンラビットより上だ。

後方へと下がり、『マジックシールド』を避《さ》け三匹がそれぞれ違う方向から回り込もうとしてくる。

速い！

広く展開させても一枚じゃ無理だ。

一枚で無理なら複数展開させるだけだ。

「この盾は、すべてを護る絶対の擁壁。あらゆる敵を弾き、我に光の加護を授けよ。我は拒絶し我は決意す『マジックシールド』」

矢継《やつ》ぎ早《ばや》に詠唱《えいしょう》し、二枚目の『マジックシールド』を展開する。

これで二方向はどうにかなる。

もう一方は田淵さんが攻撃魔法でカバーしてくれているので、その間に三枚目の魔法の盾を発動する。

これで三枚。

三匹の動きにも対応できる。

ただ『マジックシールド』の操作に少しばかり神経を使う。

こんな風に複数展開させるのは初めてだし、こうやって敵に合わせて細かく動かすのも初めてだ。

だけど、集中すればいける。

サラリーマン時代の納期ギリギリの時のあの集中力をもってすれば、このくらいなんでもない。

「ははっ、三枚ですか。本当に花岡さんは……これは、本当に一杯おごらないといけないかもしれませんね」

何度か、魔法の盾にモンスターが攻撃《こうげき》してくるが今のところ破られる気配はない。

さすがは魔法の盾。

呪文《じゅもん》にある通り本当に絶対の擁壁だ。

凶悪なモンスターの攻撃であっても、問題なく弾いてくれる。

「私も負けてられません。大気に宿る悠久の精霊《せいれい》よ、その零下《れいか》の息吹《いぶき》を放て。我《わ》が求めに応えて、ここにその姿を現せ！『アイスバレット』」

氷の弾丸《だんがん》が、先ほどダメージを与えたモンスターの頭を撃《う》ち抜く。

やった。さすがは田淵さんだ。

これであと二匹。

「田淵さん、さすがです」

「いや、本来こんな楽にはいきません。すべては花岡さんのおかげですよ」

俺《おれ》は魔法の盾で攻撃を防いでるだけだし、どう考えても田淵さんのおかげだけど。

一匹減ったからと言って、まだ余裕《よゆう》があるとまでは言えない。

それでも三匹から二匹に減ったことで視野が広がった。

魔法の盾も一枚余っている。

意識を集中させ、魔法の盾を動かしモンスターの一匹を二枚の盾でその場へと留めおく。

「そう使いますか。さすがです。大気に宿る悠久の精霊よ、その零下の息吹を放て。我が求めに応えて、ここにその姿を現せ！　『アイスバレット』」

再び発動した氷の弾丸が正確にモンスターの頭部を捉《とら》える。

「ギャン」

「もう一発！　『アイスバレット』」

おおっ、すごい。これで残るは一匹。

これっていけるんじゃないだろうか。

死を覚悟《かくご》して臨《のぞ》んでみたけど、田淵さんが優秀《ゆうしゅう》だからかトラモンを普通に倒せている。

見た目はトラっぽいけど、その悲鳴は犬っぽい。不思議だけど、これがモンスターたる所以《ゆえん》か。

まだ三枚の盾は有効だ。

魔力を多めに注いだからかまだ消える様子はない。

三枚を動かして最後の一匹を囲んで動きを完全に封《ふう》じる。

「はは、イビルキャットが、成すすべなしですか。「大気に宿る悠久の精霊よ、その零下の息吹を放て。我が求めに応えて、ここにその姿を現せ！　『アイスバレット』」

動きを止めたトラモンの頭に氷の弾丸が命中する。

トラモンの正式名称《めいしょう》はどうやらイビルキャットらしい。

とてもキャットってサイズではないけど。

「これで終わりです」

二発目の氷の弾丸が正確に頭を撃ち抜きモンスターが消滅《しょうめつ》した。

さすがは田淵さん。

命中精度が凄《すご》い。

「終わりましたね。これで終わりですよね」

本当に倒してしまった。

「はい、もうだめかと思いましたが、すべては花岡さんのおかげです」

「いや、いや、俺は攻撃を防いでいただけです。しとめたのは田淵さんじゃないですか」

「花岡さん、あなたって人は……。花岡さんやっぱり男前ですね」

「急にどうしたんですか？」

俺が男前？　同世代の男の人にそんな風に言われたのは初めてかもしれない。なんで急にそんな話になるのかはわからないけど、なんとなく気恥《きは》ずかしい。

「いや、本当に花岡さんに命を救ってもらいました。助けるつもりが助けられましたよ」

「いや、いや、さすがにそれは言い過ぎです。田淵さんがいてくれてよかったです」

結果として、無事だったけどあの状況ですべての試験官が田淵さんと同じ行動をとれるかと聞かれれば、それはわからない。田淵さんがいてくれたから俺も助かったんだ。

「いえ、それより約束通り、帰って一杯やりましょう。私がおごりますよ」

「じゃあ、遠慮《えんりょ》なく」

戦いを終え試験官である田淵さんのマップを手に、地上への道を戻《もど》ることにする。

何度かホーンラビットが出現したが、田淵さんが優秀なので二人でも問題なく倒すことができた。

「田淵さん」

「ええ、地上への階段です」

少し時間はかかったけどスタートから五時間ほどで地上へと帰ってくることが出来た。

「オッサン⁉」

「花岡さ〜〜ん！」

「無事だったんですね〜！」

「もうだめかとおもいました〜〜」

地上へと戻ると、俺の事を見つけたチームのみんなが駆《か》けよって来てくれて、市川さんをはじめとする女の子たちが泣きながら抱《だ》きついてきた。

まあ、あの別れ方をしたらこうもなるよな。

若い女の子に抱き着かれたことなんかはじめての経験だ。

しかも三人。

正直どういう反応をするのが正解なのかよくわからないけど、泣くほど心配をかけた事に申し訳ないという気持ちはありつつ、泣くほどに心配してくれた彼女《かのじょ》たちの気持ちが嬉《うれ》しかった。

「花岡さんは命の恩人です。この御恩《おん》は一生忘れません」

「私に出来る事なら何でも言ってください」

「もう、カッコよすぎます〜」

状況が状況だっただけに、これも理解はできるけど、若い女の子がオッサン相手に何でもとか言うもんじゃないですよ。

それに、一生忘れないって、それほどの事じゃない。

カッコつけてはみたけど、俺自身がカッコよかったわけじゃない。

結果として無傷で終われたのも田淵さんがいてくれたおかげだし。

後で聞いたところによると、学校の職員総出の救出隊が編成されている最中だったらしい。

大事にならなくてよかった。

想定外のアクシデントはあったけど実技試験はこれで終わりらしい。卒業試験の合否判定は明日には出るみたいだ。

俺が出来ることは全部やったし、合否は神のみぞ知るといったところだけど手ごたえはあった。

そして試験を終えた俺は田淵さんの仕事が終わるのを待って、約束通り一杯やりに来た。

「お疲《つか》れさまでした」

「いや、今日は本当にありがとうございました。あ～美味《うま》い。生きてるって感じですね～」

「ええ、これが本当の生きてる～ですね」

これほどまでに『生きてる』を実感した一杯は初めてだ。

二人でやってきたのは焼き鳥屋さん。

焼き鳥は俺の好物の一つだ。

いい年したオッサン二人だけなので気取る必要もない。

安くてうまい焼き鳥屋さんで、帰還《きかん》祝いをあげる。

最初の一杯は、かぼす酎《ちゅう》ハイ二百九十円だ。

さっぱりして飲みやすいのにとにかく安い。

「今日は本当に助かりました。まさか一階層であんなイレギュラーが発生するとは。完全に死を覚悟したんですよ。あのダンジョンでイレギュラーが発生することなんかほとんどないんですけどね」

「運が悪かったんですかね」

「いえ、花岡さんがいてくれて運がよかったです。おかげで妻と子供を泣かせずに済みました」

「田淵さん、結婚してたんですか？」

「はい。そういう花岡さんは独身だそうで」

「いや～お恥ずかしい」

「やっぱりモテる男は違《ちが》いますね」

「え～っと誰《だれ》の話ですか？」

「もちろん花岡さんです」

「モテてないですよ」

「またまた～今日も女の子三人泣かせてたじゃないですか」

「いや、あれはモテてたとかそんなんじゃないです」

田淵さんは、あれを見て完全に誤解しているようだけどあれはそんなんじゃない。

あれはつり橋効果というか特殊《とくしゅ》な状況が生んだだけだ。

それに俺はモテてるから独身なんじゃない。

全くモテないから独身なんだ。

「いや～あの時の花岡さんは本物のヒーローみたいでしたよ」

「それを言うなら田淵さんだって」

二人共無事試験を終えたことで気分も上がりお酒がすすむ。

「ここだけの話、私戦うのは苦手なんですよ」

「またまた～」

「いや、まじめな話、適性が無かったから、この年で学校の講師なんです」

「そうなんですか？　でも今日は大活躍《だいかつやく》でしたよ」

「だから花岡さんのおかげなんですって」

田淵さんで適性が無かった？

今日三匹のトラモンを倒したのに？

防衛機構はそんなに厳しいのか。

俺がこれから行くのはそういうところだということだろう。

「防衛機構で五年は働いたんですけど子供が出来てから限界を感じまして、異動願を出して今の職に」

「そうなんですね」

「ええ、十年以上になりますがこんなのは初めてだったんで焦《あせ》りました」

「なにはともあれ、無事に帰れてよかったですよ」

「そうですね。それはそうと、ダンジョンで途中になってた恋バナはどうなりました？」

「あ〜〜田淵さん聞いてたんですか？」

「いや〜さすがに女の子達が、盛り上がってましたし、いけないとは思いながらも聞こえてました」

「そうですよね」

密閉されたダンジョンで聞こえないはずないよな。

「で、どうなんですか。せっかくだし花岡さんの武勇伝聞かせてください」

「武勇伝なんかありませんよ」

「花岡さんにとっては当たり前すぎる話でしたか」

「いや、いや、いや。そんなバカな。俺独身ですよ。この顔ですよ。ないですよ。本当にないんです」

「やはり、花岡さんともなれば、そういったことを人に話したりはしないんですね。勉強になります」

何やら、盛大《せいだい》に勘違《かんちが》いされてる気がするけど、お酒の席での与太《よた》話だし気にすることもないか。

最近、同世代の男性とお酒を飲む機会が無かったので、田淵さんと飲むのは楽しかった。

田淵さんの家族も待っているので一時間半ほど飲んで解散となったけど焼き鳥も美味《おい》しかったし当たりのお店だったな。

焼き鳥　鳥男爵《だんしゃく》。

また機会があったら利用したいお店だ。

§

言われていた通りダンジョンでの卒業試験を終えた翌日に早速《さっそく》結果が発表され、俺は無事合格することが出来た。

そして筆記試験に不安のあった陣内《じんない》くんも合格することが出来た。

そして何事もなく最終日を迎え、卒業式となった。

「え～みなさん、今日で卒業となりますが、今後の防衛機構の職員としての活躍《かつやく》を期待しています。ただ命より重いものはありません。絶対に無理は禁物です。私からの最後の教えは、『危なくなったら逃げろ』です。死んだら次はありません。逃げても次があります。そのことだけは忘れないでください」

最後に北王地さんからありがたいお言葉を頂いて、本当に卒業となった。

俺も北王地さんの言葉を胸に防衛機構で頑張《がんば》ろうという決意を新たにした。

＊＊＊＊＊＊＊＊＊＊＊＊＊＊＊＊＊＊＊＊＊＊＊＊＊＊＊＊＊＊

「花岡さ～ん。どうぞ～」

「ありがとうございます」

「もっと花岡さんとは仲良くなりたかったです～」

「そう言っていただけると俺もうれしいです」

「ほら～グラス空いてますよ。はいど～ぞ」

「ありがとうございます」

学校を終え約束通り、クラスのみんなで集まって卒業パーティのようなものをしている。

オッサンの自分がいると盛り下がるんじゃないかと思い、少し躊躇《ちゅうちょ》する部分もあったけど来てよかった。

みんなオッサンである俺の事を気遣《きづか》ってくれて、しきりにお酒を注いでくれたり声をかけたりしてくれる。

「花岡さん、私、雷にうたれちゃいました」

「雷⁉　大西さん、大丈夫でしたか？」

「いえ、全然大丈夫じゃないです」

「ここにいていいんですか⁉」

「ここにいないといけないんです。もう全身貫《つらぬ》かれちゃいました」

「全身ですか」

「そうなんですよ～、これが運命なんですね」

「ああ、そういう」

大西さんがいきなり雷に貫かれたというから驚《おどろ》いてしまったけど、どうやら比喩《ひゆ》表現だったらしい。

運命の人か。やっぱり若いって素晴《すば》らしい。

「オッサン、モテモテじゃね」

「ああ、陣内くん。冗談はやめてください。四十の独身男を捕《つか》まえてその冗談はさすがにキツイものがありますよ」

「は～オッサン、相当こじらせてるな」

「陣内くん、四十の独身オッサンが拗《こじ》らせてないとでも？」

「ははっ、やっぱ花岡のオッサンおもしれ～な」

本当に陣内くんには助けられた。

陣内くんがいてくれたおかげで、ボッチを免《まぬが》れた。

口はちょっと悪いけど本当に優《やさ》しい、いい若者だ。

「花岡さん」

急に花岡さん⁉　どうしたんだ陣内くん。

「改めてお礼を言わせてください。本当に助かりました。ありがとうございました」

そう言うと陣内くんが深々と頭を下げてきた。

「頭をあげてください。あれはオッサンがカッコつけてみただけですから」

「俺、あれから家に帰って奥《おく》さんの顔みたら絶対に死んじゃだめだと思ったんだ」

「うん」

「花岡さんのおかげで死なずに済んだ」

「大袈裟《おおげさ》ですよ」

「俺にだってわかる。あれは俺じゃ無理だったって。校長の言葉じゃないけど、逃げてでも生きなきゃならない。そう気が付いたんだ。本当に感謝してる」

「そう言ってもらえたら無理してカッコつけた意味があったかな」

「いや、花岡さんマジでカッコいいからな。俺も年くったら花岡さんみたいになりたい。それと決めたんだ」

「いや、いや、陣内くんにそんな風に言われたらいたたまれないから」

「子供が生まれたら修太朗ってつけるから」

予想外の申し出に面食らってしまった。

俺に由来する名前を子供に？

それは素直《すなお》にすごく嬉しい。

陣内くんと奥さんの子供か。きっとかわいいんだろうな。

嬉しいけど、名前のせいでモテない子供が育ったらどうしようという一抹《いちまつ》の不安がよぎる。

俺と同じ名前の子供。陣内修太朗くんか。

案外わるくないんじゃないか？

そんなことを考えていると、陣内くんは他のクラスメイトのところへと行ってしまった。

ひとりでいると、今度は市川さんが話しかけてきてくれた。

「花岡さん、約束ですよ？」

「市川さん、約束ですか？」

「そうです。この前約束したじゃないですか」

「え〜っと、それはもしかして」

「そうです。お食事の件です」

「すいません。てっきり社交辞令とばかり」

「花岡さん、社交辞令で誘《さそ》ったわけではありませんよ」

「それは、本当に失礼しました。是非《ぜひ》ご一緒させていただければと」

「本当ですか⁉」

「もちろんです」

「断られなくてよかった」

俺が断るなんてあるはずがないのに市川さんはお酒が入っているからか満面の笑みで喜んでくれている。

俺なんかを本気で誘ってくれるなんて、市川さんなんていい人なんだろう。

「花岡さんとご一緒できるのを楽しみにしています」

「いえ、それはこちらです」

俺は市川さんと連絡先《れんらくさき》を交換《こうかん》して後日食事に行くことになった。

そのあと別所さんもやって来てくれて、何回もお礼を言われてしまったけど、あまりに何回も頭を下げてくるのでこっちが申し訳ない気持ちになってしまった。

この年で若い同級生とこんな縁《えん》が出来るとは思ってもなかったので、魔法《まほう》が使えるようになって本当に良かった。

中塚さん達や、大西さん達とも後日飲みに行く約束をして卒業パーティは解散となった。

会社を辞《や》めてあまり飲みに行くこともないだろうと思っていたのに、学校でこんなに飲み仲間が出来るとは思ってなかった。

それにしても今回俺はいろんな人に助けてもらった。

クラスメイトもだし北王地さんもだ。

ダンジョンでは田淵さんにも助けてもらった。

特に女性陣《じょせいじん》の人達には本当にフレンドリーに接してもらい十八年ぶりの学生生活が充実《じゅうじつ》したものとなった。

見学が多くて、思ったようにはいかなかったけど、今思えば全部楽しかった。

ちゃんと魔法が使えるようになったのが夢みたいだ。

せっかく卒業までこぎつけたので、防衛機構に入って少しでも社会の役に立てるように頑張りたい。

それが、俺が目指す大魔導士の姿だ。

第3章◆四十歳の新入隊員

卒業から一週間ほどで世界防衛機構の配属案内が届いた。

配属は二週間後。

場所は東京にある日本本部となった。

それまでは特に予定もなかったので市川さんや中塚さんたちとご飯に行ったりお酒を飲みに行ったりした。

市川さんは俺と同じく東京本部に配属となったようだけど、中塚さん達《たち》四人は別の支部へと配属となったらしい。

しきりに俺と違う支部に配属されたことを嘆《なげ》いていたけど、そんなふうに思ってくれるなんてなんていい人たちなんだろう。

また会う機会があればうれしいけど、まずは防衛機構でしっかりやれるようになるのに集中する必要がある。

北王地さんの特訓があったとはいえ、先代の大魔導士《だいまどう》と同じ道を歩まないとは言い切れないのでとにかく集中だ。

同級生たちと過ごす以外の時間は、引っ越《こ》しの準備と、魔法の教本を見直していた。

今の俺は上級までの教本に載《の》っていた全属性魔法の詠唱を憶《おぼ》えることが出来ているのであとは使ってみるだけだ。

学校のように的もなければ、魔法を放つような場所もなかったので結局どの魔法が使えるのかはぶっつけ本番に近い。

ただ学校で『ファイア』と『アイスバレット』は使ったことがあるので、なんとなく火と水系は使えるんじゃないかと淡《あわ》い期待を抱いてはいる。

そして二週間経過した月曜日に俺は世界防衛機構東京本部へと向かった。

毎月のように新入する職員がいるからか特に入社式のようなものはなく事務的に配属された部隊へと向かう。

「今日から後藤《ごとう》隊に配属となりました花岡修太朗《はなおかしゅうたろう》です。よろしくお願いします」

「はいよろしくお願いしますね。この部隊を預かる後藤湊《みなと》です」

「はい、よろしくお願いします」

後藤さんは長い黒髪《くろかみ》が印象的で、かなり若いようにも見受けられるが凛《りん》とした感じが部隊の長といわれると納得《なっとく》だ。それにどうでもいいことかもしれないがすごく美人だ。まっすぐに俺の目を見て話してくれるので、こちらとしてもきちんとしなければと身が引き締《し》まる思いだ。

「花岡さん」

「はい」

「もしかして……あ、いえ。大丈夫《だいじょうぶ》です」

「そうですか」

後藤隊長が何か言いかけたけどなんだろうか。

歳とか顔の事だったらあれだけど、さすがに初対面でそれはないか。

「小谷凛香《こだにりんか》で～す。よろしく～」

「はい、よろしくお願いします」

小谷さんは少し小柄《こがら》だが、明るく元気な印象でお目目がぱっちりとしていて、どこかのアイドルと言われても納得してしまいそうだ。

「え～っと、どうかしましたか？」

小谷さんがじ～っとこちらの顔を見てくる。

なにかしただろうか？

「いえいえ～。なんでもないで～す」

俺の顔に何かついてるのか？　まさか歯磨《はみが》き粉《こ》とかついてるわけじゃないよな。いや、初日だから張り切って髪《かみ》も整えてきたし、鏡でも変なところは映ってなかったし大丈夫か。

「大仁田陸人《おおにたりくと》っす。よろしく」

「はい、よろしくお願いいたします」

大仁田さんは、日に焼けた肌《はだ》とさわやかな笑顔《えがお》が印象的だ。年齢《ねんれい》は俺とはかなり離《はな》れていそうだけど、男の俺から見ても異性にモテそうだ。

「喜田桜花《きたおうか》です。よろしくお願いします」

「よろしくお願いいたします」

喜田さんは他の隊員に比べると少し控《ひか》えめな印象を受けるが、明るいピンクの髪色《かみいろ》が目を引き、なんとなくお嬢様《じょうさま》な感じが漂《ただよ》っている気がする。

俺の主観だけど、この部隊のメンバーの容姿のレベルが高すぎないか？

なんか美男美女ばっかりだけど、これはたまたまなのか？

仕事に全く関係ないとはいえ、このメンバーの中に冴《さ》えない四十男が新人として配属って大丈夫なんだろうか。一抹の不安がよぎる。

「はい、それじゃあ挨拶《あいさつ》はこんなところで。花岡さん、ここは軍隊とかじゃないんでもっとフランクな感じで大丈夫ですよ」

「はい、ありがとうございます」

「軍隊っていうより役所の一部門くらいに思ってください。ただし命を張ったお仕事ですけど」

「はい、わかりました」

「ちなみに花岡さんの前任者がダンジョンで帰らぬ人となってしまったのでその補充《ほじゅう》です」

「そうですか」

前任者が帰らぬ人……。

「後藤たいちょ～、いきなり脅《おど》しちゃだめですよ。入って早々にやめちゃったらどうするんですか。せっかくの新人なのに」

「ああ、そういうつもりじゃないんです。花岡さんに早く打ち解けてほしかっただけなので」

「はい、だいじょうぶです」

わかってはいたことだけど、やはりダンジョンで命を落とすことがあるのか。こうやって身近な事例として聞かされると今までとは全く違う場所に来たのだと再認識《さいにんしき》させられる。部隊のみなさんはそんな中でこれまでやってこられたのだから尊敬しかない。

俺の配属された後藤小隊は後藤隊長を筆頭に俺を含《ふく》め五名のチームらしい。

女性三名に男性が二名のチームだ。

「花岡さんが入ってくれてホッとしましたよ。男一人で肩身《かたみ》狭《せま》かったんで、これから仲良くいきましょう」

「はい、こちらこそよろしくお願いします」

その後小谷さんが指導教官的なポジションに就いてくれて、これからの事やここでの過ごし方を教えてくれた。

小谷さんは人を見つめる癖《くせ》があるのか、説明の間ずっと見つめられて参った。

事務的な事とはいえ、アイドル顔負けの小谷さんに見つめられるのは四十歳のオッサンには威力《いりょく》が強すぎる。

防衛機構にも当然だけどいろんな部署があり、俺の配属された後藤小隊はいわゆる前線部隊。

ダンジョンのモンスターを直接駆除《くじょ》して回る隊となる。

てっきり毎日潜《もぐ》るのかと思っていたけど基本週三回だそうだ。

やはり、モンスターとの戦闘《せんとう》は激務なのでそれ以上の日程を組むと離職率《りしょくりつ》が跳《は》ね上がったのだそうだ。

ここらへんは一般企業《いっぱんきぎょう》と大差ないらしい。

そして、俺は寮《りょう》へと入寮《にゅうりょう》させてもらったけど1LDKで今まで住んでたところよりずっときれいだ。

防衛機構の所有物件らしく俺以外にも独身の隊員が何人か入寮しているらしい。

給料もそうだけど命の危険があるからか防衛機構の待遇《たいぐう》は俺が思っていた以上に厚い。

ひと通りの説明を受けた後小谷さんが俺のプライベートに斬《き》り込《こ》んできた。

「花岡さ～ん。ちょっといいですか？」

「はい、なんでしょうか」

「花岡さんって四十歳なんですよね～」

「はい、そうです」

「花岡さんってお兄さんとかっています？」

「え？　兄ですか？　いえ、一人っ子です」

「住まいはずっとこっちですか～」

「いえ、出身は静岡なんですが、大学からはずっとこっちですね」

「そうなんですね～。ちなみになんですけど犬って好きですか？」

「犬ですか？　昔は結構好きだったんですけど、野良犬《のらいぬ》にかまれたことがあって、それ以来ちょっと苦手ですね」

「………」

「小谷さん、どうかしましたか？」

なぜか俺が犬にかまれた話をすると小谷さんが黙《だま》り込んでしまった。

ちょっと引かれてしまったかな。

「いえいえ～なんでもないです。どうして野良犬にかまれたのかな～と思って」

「それが、たまたま女の子が犬に襲《おそ》われてるところに居合わせまして、柄《がら》にもなく助けようとしたら自分がかまれてしまった次第《しだい》です。はは……」

隠《かく》す事でもないから別にいいんだけど、いきなり初日から黒歴史公開のようになってしまった。

「やっぱり……」

「え？」

「なんでもないです～。そういえば、ご結婚《けっこん》はされてないって聞いたんですけど～」

「はい、恥《は》ずかしながらその通りです」

「全然恥ずかしくはないと思うんですけど、どうしてですか？」

「え～っと、どうしてというのは？」

「なんで結婚してないのかな～とおもって」

「理由ですか。縁がなかったというか、恥ずかしい話こんな顔ですから誰も結婚してくれるような相手がいないと言いますか」

説明している自分が切ない。

「あ～～花岡さんってそういうかんじですか～。了解《りょうかい》で～す」

そういう感じってどういう感じかわからないけど、結局初日は顔合わせと説明だけで終わってしまった。

結構気合を入れてきていたので肩透《かたす》かしな感じだけど、これからが大事だ。

小谷さんによると明日はついにダンジョンへと踏《ふ》みこむことになるらしい。

今から緊張《きんちょう》と期待感でいっぱいだ。

§

「おはようございます」

「おはよ～ございま～す。昨日はよく眠《ねむ》れました～？」

「はい、おかげさまでよく眠れました」

「それじゃあ、さっそくみんなでダンジョンに向かいますね～」

世界防衛機構の本部ビルはダンジョンに隣接《りんせつ》する形で建てられているので、すぐにダンジョンの入口へと到着《とうちゃく》する。

早速ダンジョンへと潜る。

「小谷さん、これってスライムですよね」

「そうですよ～」

「結構いっぱいいますけど、倒《たお》したりしなくていいんですか？」

「いいんです～。スライムは特に害がないのでわざわざ倒す必要はないんです～」

「そうなんですか」

「そうなんです～。たぶん花岡さんが最初に戦うのはゴブリンかコボルトだと思いますよ～」

卒業試験の時のダンジョンにはスライムはいなかった。スライムが無害だから放置していいというのも初めて聞いたけどゴブリンにコボルトか。昔ファンタジーにあこがれていた時分によく聞いた名前だ。当たり前だけど本当にいるんだな。

喜田さんはずっと後方からカメラで撮影《さつえい》してるっぽいけど、探索《たんさく》の記録係とかなのかな。

「あの～喜田さんが撮《と》られているあれは……」

「ああ、配信ね～」

「配信ですか？」

「そう配信。そういえば伝えるの忘れてたかも～。うちの隊のダンジョン探索は基本配信されてるから～」

そういえば学校の座学で少しだけ触《ふ》れられていた気がする。

一部の防衛隊の探索が配信されているとか言っていた気がする。

その時は自分には無縁《むえん》だろうとそんなに気にしてなかったけど、まさかこれがそうなのか。

「あの～つかぬことをお伺《うかが》いしますが、配信というのはどこに配信されているのでしょうか」

「もちろん世界に向けてだよ～」

「世界ですか⁉」

「まあ、ほとんど国内からのアクセスだけどね～」

実は、防衛機構のダンジョン探索が配信されているサイトがあるという話を聞いたことはある。

だけど俺《おれ》には全く縁がなくむしろ、妬《ねた》みに近い感情を覚えてしまいそうで意図的に見ないようにしていたのもあってどういうものなのかは全く理解できていない。

「すいません。ちょっといいですか？　防衛機構って国の運営みたいなものですよね。それが何で配信なんかしてるんですか？」

「それはね～国もお金が必要だからで～す」

「え⁉　お金ですか」

俺の思ってた斜《なな》め上というか完全に上空からの答えが返ってきた。

国が配信でお金儲《もう》け？　そんなことある？　というよりこの国大丈夫か？

「まあ、それは半分冗談《じょうだん》だけど～。でも防衛機構に、お金がいっぱいいるのは本当で～す」

冗談なのか。

「一番の目的は国民に対して理解を得るための～広報活動の一環《いっかん》で～す。それに職員もいっぱい給料もらえないと辞めちゃうでしょ～。だから各隊アクセス数によってインセンティブが付くんで～す」

「なるほど」

「世間の理解も欠かせないし～それに配信って言っても完全にライブじゃなくて少しだけタイムラグがあるの～」

「へ～そうなんですか」

「初期は録画で配信だったんだけど、やっぱりコメントとかできないとライブ感なくて配信が伸《の》び悩《なや》んで、ほぼライブの今の形になったの～」

「へ～っ、そうなんですね。ほぼライブで、完全ライブじゃない意味って何かあるんですか？」

「もちろん。花岡さんの前任者みたいなこともあるから」

「あ～～」

聞かなかった方がよかったかも。放送事故を無くすための仕組みか。

「うちのチーム、東京本部でもかなり人気のある方なの～」

「そうなんですか？」

「毎回同接100万接続は堅《かた》い感じ～」

「ひゃ、100万ですか⁉」

「そうそう、だから歩合《ぶあい》も厚いの～」

いや、疎《うと》い俺でもわかる同接100万ってとんでもない数字じゃないのか？

「みなさんすごいんですね」

「花岡さん、他人事な感じだけど今日から花岡さんも出るんだからね～」

「はっ？　え～っと今なんと？」

「だから～花岡さんは今日が配信デビューだから」

「で、でびゅー？」

いやちょっと待ってくれ。俺が世界配信デビュー？　これは何かの冗談か？　でも喜田さんのあのカメラが俺を驚かせるためのドッキリなはずないよな。

四十歳の俺が本部の人気チームで配信デビュー⁉

何が起こってるんだ？

何かの手違《てちが》いか？

「花岡さ～ん。間違《まちが》いでも手違いでもないですよ～。今日から花岡さんもトップダンジョン配信者の仲間入りで～す」

小谷さん、心を読まないでほしい。

だけど心の準備が何もないまままいきなりデビューすることになってしまったらしい。

とんでもない出来事に現実感が薄《うす》いけど、これも仕事の一環なのは理解できる。

ここは覚悟《かくご》を決めるしかない。

流石《さすが》にスライム素通《すどお》りはニーズがないらしく、もう少し進んでから配信スタートとなるらしい。

ダンジョン探索にはセイバーギアと呼ばれる装備が支給される。

その中には剣《けん》も含まれてたけど魔法じゃなくてこれで戦ったりするのか？

「小谷さん、俺《おれ》剣とかは使えないんですが」

「花岡さんは強化魔法使えたりしないんですか～。強化魔法が使えたら技術は後からどうにかなりますよ～」

「強化魔法ですか」

確かに初級、中級、上級それぞれに身体強化魔法というのが載っていた。

使う機会がなかったので試《ため》したことはないけど、初級なら俺でも使えるはずだ。

「それにセイバーギアは直接攻撃《こうげき》以外にも魔法の威力も上げてくれたりするから～。わたしのギアはこれ」

小谷さんの手には少し変わった形の短剣《たんけん》が握《にぎ》られている。

「短剣ですか？」

「これはね～陣《じん》風の短剣って言って風属性の魔法をブーストしてくれるの」

「そうなんですね」

「うちだと大仁田くんが武器による直接攻撃が多いから、参考にするといいよ～」

「はい、わかりました。大仁田さんよろしくお願いします」

「俺一人だと前衛結構きついんで、花岡さんも一緒《いっしょ》に戦ってもらえると助かるっす」

スライムを避《さ》けながらダンジョンの奥へと進んで行く。

まだほんの少し進んだだけだけど、卒業試験で臨《のぞ》んだダンジョンよりも随分《ずいぶん》広い。

東京の地下にこんな場所が広がっているとは驚きだな。

地上にここのモンスターが溢《あふ》れたらパニックどころじゃすまない。

実際にダンジョンに潜ると防衛機構の存在がどれだけ重要かわかる。

「花岡さん、いましたよ」

「あれはゴブリンですか？」

「そうで～す。人類の敵ともいえるゴブリンで～す」

まだ少し距離《きより》があるけど前方にはモンスターが数匹《すうひき》見て取れる。

その姿は映像で見たことのあるゴブリンそのものだ。

「それじゃあ皆《みな》さん配信スタートしますよ」

「みなさ～ん、こんにちは～。後藤小隊の配信はっじまるよ～」

場違《ばちが》いとも思える小谷さんの声で俺の初めての戦闘と配信が始まった。

〝おおっ、はじまった～〟

〝まってた〟

〝いきがい〟

〝りんちゃんのこえ～かわえええええ〟

〝ゴブリン？〟

「古今東西の英霊《えいれい》よ、気高き、その力、その魂《たましい》、その権能を我に示し、敵なるものを打ち倒す英知を授《さず》けたまえ『ギリスマティ』」

大仁田さんの発動した魔法は初級身体強化魔法『ギリスマティ』だ。

大仁田さんの身体がうっすらと金色の光を放っている。

大仁田さんの武器は俺のよりも二回りくらい大きい斧《おの》だ。

所謂《いわゆる》、戦斧《せんぷ》というやつだろうか。

若くて体力があるからあんな大きな武器を使えるんだろう。

〝陸人く～んがんばって～〟

〝大仁田いけ～〟

〝速攻《そっこう》～〟

大仁田さんがゴブリンの一団に向け走り出す。

速っ。

常人ではあり得ないほどのスピードでゴブリンへと迫《せま》り手にもつ武器を一閃《いっせん》する。

戦斧を軽々と振《ふ》り抜《ぬ》き、一番手前にいたゴブリンは反撃《はんげき》する間もなくあっという間に斬り伏《ふ》せられ消滅《しょうめつ》した。

すごい。圧倒的《あっとうてき》だ。

「ゴブリンも消えるんだな」

卒業試験の時のホーンラビットやトラモンも消滅したけど、人型のゴブリンも同じくその場から消えてなくなった。

学校の座学では学んでいた。

モンスターはダンジョンで倒した場合はどういう理屈《りくつ》かわからないけどその場で消滅する。そしてそれは地上に出てきたモンスターには当てはまらない。

なぜか地上で倒したモンスターがダンジョンのように消えてなくなることはない。

まるでゲームのような現象だが、これもある意味神の御業《みわざ》なのかもしれない。

「大気に宿る悠久《ゆうきゅう》の精霊《せいれい》よ、その零下《れいか》の息吹《いぶき》を放て。我《わ》が求めに応えて、ここにその姿を現せ！　『アイスバレット』」

続いて、刀をかざした後藤隊長の放った氷の弾丸《だんがん》がゴブリンの頭を吹《ふ》き飛ばす。


〝みなとちゃ～ん！〟

〝隊長～かっこいいい〟

〝初級にして既《すで》に至高〟

〝みんないつもより気合マックス〟

〝いつ見ても惚《ほ》れ惚《ぼ》れする〟


今のは俺も使ったことがある『アイスバレット』だ。

流石は後藤隊長、流麗《りゅうれい》な詠唱《えいしょう》からズバンと命中させゴブリンを消滅に追いやった。

「じゃあわたしもいっちゃうよ～」


〝おおっ、りんちゃん〟

〝りんかちゃんかわいい〟

〝風姫《ひめ》～〟

〝いっちゃって～〟

「その翼《つばさ》は敵を裂《さ》き、その吐息《といき》は空を穿《うが》つ。幾千の刃《やいば》を纏《まと》いしその気高き咆哮《ほうこう》を敵に示せ『ウィンドスピア』」

短剣を振る小谷さんの放った風の刃がゴブリンを切り裂き消滅させる。

初級の風魔法《まほう》だけど、こちらも流石という他ない。

言っていたように陣風の短刀によるブーストも効いているのかもしれないけど、その可《か》愛《わい》い外見とは全く異なる彼女《かのじょ》本来の強さが見て取れるような気がする。

あっという間に三匹《びき》のゴブリンが消滅しその後も次々に倒し程《ほど》なくしてゴブリンの一団が消え去った。

最初は、みんなの動きを見るように言われていたので今回俺の出番はなかったけど、仮に出番があったとしても役に立てたかどうかはかなり怪《あや》しい。

それほどに、動く相手と自身も動きながら戦うことが難しいと感じた。

三人の動きはスムーズで魔法の発動も流麗だった。

三人の動きに自分を当てはめてみると同様に動ける気は全くしない。

ゴブリンは低級なモンスターのはずだけどそれを差し引いても、この隊がトップチームというのは納得だ。

〝やっぱ後藤隊のはストレスフリーで見れるわ〟

〝なんかチラッと映ったけど知らない男がいる〟

〝はっきりと見えなかったけど結構年くってた気が〟

〝いや、イケオジっぽかった〟

〝監査員《かんさ》かなんかか？〟

〝もしかして木本のかわりじゃね〟

〝あぁ……〟

〝あれは残念だった〟


「おつかれ～。どう？　どうだった？」

「はい、皆さんすごいです。勉強になりました」

「ふっふっふ～。じゃあ次は花岡さんもいってみる～？」

「はい、がんばります」

「花岡さん、最初ですし無理しなくて大丈夫ですよ。私たちがフォローしますから」

「はい、ありがとうございます」

〝やっぱ新人か〟

〝新人にしてはだいぶ年上じゃね〟

〝いや、かなり礼儀正《れいぎただ》しい感じだしスマートっぽい〟

〝インテリイケオジ〟

〝なんとなく執事《しつじ》っぽい〟

〝執事カフェにいたら人気でそう〟


次は俺の番だ。

話を聞いてみるとゴブリン程度なら初級魔法で十分いけるらしい。

魔法も火系は意図的に外していたらしい。

火系は威力は望めるけど、燃え広がったりしてダンジョンでは使い勝手が悪いそうだ。

よほどダメージを与《あた》えたい敵の場合は使用することがあるらしいけど、使用頻度《ひんど》は高くないとのことだ。

これも実戦の場数を踏んでいる皆さんだからの金言だ。

俺は普通《ふつう》に『ファイア』を使おうかと思ってたので危なかった。

それに卒業試験では『マジックシールド』ばかり使っていたけど、あれも経験不足としか言いようがない。

今思い返してみると俺も攻撃魔法《こうげきまほう》を使った方がよかったのかもしれない。

探索を再開するとまたすぐにゴブリンの一団に出くわした。

ダンジョンにモンスターがいるのはわかってたつもりだったけど、明らかに卒業試験のダンジョンよりも密度が濃《こ》い。

定期的に間引かなければ溢れ出るのも納得だし、改めて防衛隊の活動に感謝だ。

今までおくれていた普通の生活は、無条件に享受《きょうじゅ》できていたわけではないのを痛感してしまう。

「花岡さん、俺が先に行きましょうか？」

「いえ、とにかくやってみます。ダメだったときはお願いします」

「まかせてください」

いくぞ！

今まで魚より大きな生き物を殺生《せっしょう》したことはないけど、ここでやれなきゃ防衛機構に入った意味がない。

「古今東西の英霊よ、気高き、その力、その魂、その権能を我に示し、敵なるものを打ち倒す英知を授けたまえ『ギリスマティ』」

気合で高ぶっているおかげで厨二《ちゅうに》的な詠唱も全く躊躇《ちゅうちょ》なく口にすることが出来た。

使えるのか心配だったけど、身体が濃い金色に発光しはじめ、全身に力が漲《みなぎ》ってくるのが感じられる。

確実に『ギリスマティ』が発動している。

「あれ？　花岡さん？」

大仁田さんがなにか言おうとしてたみたいだけど、もうすでにゴブリンがこちらを認識《にんしき》してる。今は目の前のゴブリンに集中だ。

支給された剣を手に取り先ほど大仁田さんが見せてくれた立ち回りを頭に思《おも》い描《えが》きながら、ゴブリンへと駆《か》ける。

普通に走るのとは全く違《ちが》う加速感、周りの景色が高速で流れていきゴブリンとの距離は一瞬《いっしゅん》でゼロになる。

速い！

大仁田さんの動きを見て速いのはわかっていたけど、自分で使ってみるとあまりの速さに感覚が追い付かない。

魔法《まほう》すごすぎる。

「花岡さん、速すぎっ」

それでもモンスターは待ってはくれない。ゼロ距離から手に持つ剣を振るう。

『ギリスマティ』の効果で手に持つ剣が軽い。

普通に包丁でも扱《あつか》うかの如くスパッといった。

一瞬刃《いっしゅんやいば》がゴブリンの肉と骨を断《た》つ嫌《いや》な感触《かんしょく》が手元へと伝わってきたが、あっさりと両断することに成功しその感覚もすぐに消えた。

やった。

モンスターを倒すことに成功した！

いや、まだ一匹だけだ。

残りのモンスターも倒さなきゃいけない。

すぐに視線を周囲へと向け、他のゴブリンへと迫り先ほどと同じように斬り伏せていく。

こんなに本格的な剣を振るうのはもちろん初めてだけど勢いにまかせて振るうだけでゴブリンを両断することが出来ている。

この剣すごい。

この剣があれば素人《しろうと》の俺でも剣豪《けんごう》の如く立ち回ることが出来る。

さすがは防衛機構の支給品だ。

とにかくゴブリンからの反撃にだけ意識を集中し、どんどん斬り伏せていく。

どうやらこの剣に『ギリスマティ』があれば、ゴブリン程度なら問題なくいけるらしい。

「ふ～、なんとか倒せました」

終わった。

もう周りにゴブリンの姿はない。

緊張と高揚《こうよう》感からか、ゴブリンを殺したことの罪悪感よりも、ほっとした感情が勝っている。

一人でやれたし、初めてにしては上出来なんじゃないか？


〝いや、いや、いや、いや、いや、いや〟

〝えっ？　どういうこと？〟

〝なにいまの〟

〝え⁉　早送り？〟

〝一人で瞬殺《しゅんさつ》〟

〝俺、瞬殺って意味を知ったかも〟

〝イケオジやべ～！〟

〝もしかして剣聖《けんせい》!?〟

〝カメラ追い切れてなかった〟


「大仁田さんどうにかなりました。ありがとうございます」

「………」

「え～っと、何かまずかったですか」

「いや、まずくないっす。全く問題ないっす。いや、問題ないというか……」

「花岡さん、すご～い。あっという間に～。それに花岡さんの『ギリスマティ』ってすごくないですか～。わたしあんなに濃い金色に発光してるの見たの初めてですよ～」

「初めて？　あ～もしかして」

やってしまった。あれほど北王地さんと訓練したのに、初めてのゴブリンを前にして高ぶってしまって魔力《まりょく》の調整を怠《おこた》っていたかもしれない。

ただ、自爆《じばく》した感はないので無意識下で多少加減はできたのかもしれない。

あぶない、あぶない。

いきなり爆死《ばくし》とか怖《こわ》すぎる。

テンション上がりすぎて自分のことが見えなくなってた。

次からは絶対に気を付けないと。

「すいませんでした。以後気を付けます」

「いや、いや、いや。全然謝《あやま》るようなことじゃないですよ。むしろこのまま行ってください」

「えっ？　そうなんですか？」

「そうですよ。俺たちの目的はモンスターを倒すことですから」

「なるほど」

たしかにさっきは、初めてにしては上手《うま》くゴブリンを倒すことが出来たと思う。

次からは意識して、さっきと同じか、少し抑《おさ》えた出力で魔法を発動できればいいのかもしれない。

「花岡さん……事前の情報通りというか、想像以上ですね」

「隊長、どうかしましたか？」

「いや、なんでもないですよ。ふふっ」


〝ちょっとまって、なんで謝ってんの？〟

〝なんかここだけ新人ぽくない？〟

〃まさか、演出でしょ。あれで新人はない〃
〃謙虚《けんきょ》、紳士《しんし》キャラ〃
〃だけど、あんなの他の隊の配信でも見たことないし、本当に新人じゃないか？〃
〃剣聖、イケオジ、紳士キャラ。情報濃いな〃

今回、大仁田さんに倣《なら》って剣を使ってみたけどまだ、他の魔法は使ってみないと勝手がわからないので可能であれば次に使ってみたいな。

「花岡さん、さっきの戦闘は素晴《すば》らしかったんですけど」

「喜田さん、なにかまずかったですか？」

「いいえ、問題といいますかカメラで追うのがギリギリでした」

「すいません。俺が突《つ》っ走ったせいですね」

「花岡さんは何も悪くないんです。ちょっと規格外……」

「え〜っと、なんですか？」

「いえいえ、がんばってくださいね」

「ありがとうございます」

やっぱりこの隊の人たちはいい人ばっかりだ。慣れない俺にやさしく声をかけてくれるし、やりがいを感じる。

「隊長、花岡さんって身体強化特化ってわけじゃないっすよね」

「そうね、たぶん違うと思います」

「マジすか。大魔導士《だいまどう》ヤバいすね」

「ええ、ヤバいですね。ふふっ」

モンスターを求めて探索を再開することになったけど、相変わらず喜田さんはカメラをこちらに向けている。

多分新人紹介《しょうかい》の意味を込めてこちらを撮ってるんだと思うけど、視聴者《しちょうしゃ》数が減るんじゃないかと心配になる。

新人の四十男のデビューに需要《じゅよう》があるとは思えない。特に俺だし。

それにしても、ダンジョンっていうのは本当にゲームのダンジョンみたいだ。

座学で習った知識によるとダンジョンには階層があるそうで、基本的には下に行くほど強いモンスターが生息しているらしい。

倒しても倒してもその数がゼロになることはないようなので生息という言葉が正しいのかもわからない。

さっき戦った影響《えいきょう》で体温が上昇《じょうしょう》はしているけど、太陽がないせいかダンジョン内は地上の温度よりも少し低い気がする。

装備を身に付けているので丁度いいくらいだ。

小谷さんが、時々カメラに向かって話しかけながら進んでいる。

いかにもプロという感じだし、慣れているとはいえダンジョンでその様にふるまえることに尊敬の念をおぼえる。

小谷さんだけじゃなく、他の三人もいつも通りでリラックスして見えるので、緊張しているのは俺一人だな。

それにしてもこの支給品の剣すごかったな。

ゴブリンの肉と骨をあっさりと切断し、刃こぼれ等の損傷も皆無《かいむ》に見える。

所謂業物《いわゆるわざもの》というか最新鋭《さいしんえい》の技術の粋《すい》を集めて作られてるのかもしれない。

さすがは防衛隊員の装備だ。


〝剣聖だけに武器は聖剣《せいけん》なのか〟

〝スパッていうかまさに紙斬《き》る感じ〟

〝どうみても標準装備〟

〝武器強化魔法じゃね？〟

〝あれ標準装備の切れ味じゃない〟

〝イケオジは武器までいけてる〟

〝イケオジソード〟

〝やば、わたしもうファンになっちゃった〟

〝お名前プリーズ〟

〝さっき「はなおか」って聞こえた〟

〝お名前もステキ〟


「花岡さん、せっかくなのでこのあたりで自己紹介をお願いしてもいいでしょうか」

「え？　自己紹介ですか？　こんなところでですか？」

「はい、視聴者の方もだいぶ気になってるようですし」

視聴者が気になってる？　それはないと思うけど、俺もここに入隊させてもらった以上は給与《きゅうよ》をいただいているプロだ。自分に求められた役目は果たさないといけない。

大丈夫《だいじょうぶ》だ。

カメラに向かって話すだけだ。

「あ、あ～皆さんこんにちは。この度《たび》後藤小隊へと配属になりました花岡修太朗といいます。よろしくお願いいたします。新人ですが年は四十となります。隊の方々に迷惑《めいわく》をかけないよう精一杯頑張《せいいっぱいがんば》りたいと思いますのでよろしくお願いいたします」


〝おおっ、桜花ちゃんナイス〟

〝オッサンほんとに新人みたいだな〟

〝四十で新人とかあるんだ。俺も可能性あるのかな〟

〝いや、礼儀正しいな〟

〝修太朗さま〟

〝すてき〟


「花岡さん、自己紹介が終わったばかりで申し訳ありませんがモンスターです」

「あれって」

「はい、スケルトンですね」

「あれがスケルトンですか」

前方に現れたモンスターはいわゆる骸骨《がいこつ》。骨格標本のような姿の骨が歩いている。

「花岡さん、よかったら今度のもやってみませんか？」

「俺がですか？」

「はい、視聴者の皆さんも花岡さんの雄姿《ゆうし》を見たいでしょうし」

「いや、それはないと思うんですが」

後藤隊長も冗談が好きなんだな。

雄姿ってそんないいもんじゃないし、視聴者の人もそんなの期待してるはずもない。

スケルトンもだんだん近づいてきてるしあまり時間はない。

「剣で倒せばいいんでしょうか？」

「スケルトンは骨ですから、物理攻撃よりも魔法のほうがいいと思います。炎《ほのお》系の魔法が効くので例外的にですけど、使用してみるのをお勧《すす》めします」

「そうなんですね。わかりましたアドバイスありがとうございます。それでは早速《さっそく》いってみたいと思います」

隊長がこう言ってくれてるんだしここでやらない選択肢《せんたくし》はない。

「この現世に住まう精霊よ、我が盟約に従いここにその力を示せ。原初の炎よ舞《ま》い踊《おど》れ！

『ファイア』」

あっ。炎は無事に発現したけど、色が蒼《あお》い。調整したつもりで魔力を込《こ》めすぎてしまったらしい。やはり練習とは勝手が違う。

飛んで行った蒼い炎がスケルトンに着弾《ちゃくだん》すると一気に燃《も》え上がりそのまま燃え尽《つ》きた。

「もう一匹も燃やします。この現世に住まう精霊よ、我が盟約に従いここにその力を示せ。原初の炎よ舞い踊れ！　『ファイア』」

よかった、今度は込める魔力をうまく調整できたみたいでオレンジ色の火球がスケルトンへと着弾し、一瞬で燃え尽きた。

後藤隊長の言ったとおりだ。

スケルトンは本当に炎に弱いらしく一瞬で燃え尽きてしまった。

これだけ弱点がはっきりしてるんだったらスケルトンはそこまで怖くないな。

あぁ、だから俺に回してくれたのか。

後藤隊長って本当にいい上司だ。

新人の俺でも苦労することなく経験が積めるようにうまく誘《さそ》ってくれているんだ。

だけど、調子に乗って火事にならないようにだけは要注意だ。


〝いまのはなんだ？〟

〝見間違《みまちが》いか？　一発目の炎が蒼かったような〟

〝威力《いりょく》バグってね？　スケルトンが一瞬で燃え尽きた〟

〝ＣＧじゃないよね。後藤小隊ってそんなんじゃないよね〟

〝『ファイア』だよね？　初級魔法だよね？　？？？〟

〝花岡ヤベエ〟

〝修太朗さん、私のハートに火をつけたわ〟

〝イケオジ本当にナニモンだ〟

〝炎神？〟


「ええっと、こんな感じでしたがどうでしょうか？」

「花岡さん、今度はばっちり撮《と》れました」

「そうですか、それはよかったです」

「花岡さ～ん。スケルトンどうでした～？」

「スケルトンですか？　後藤隊長のおかげで苦労せずに倒《たお》すことが出来ました」

「花岡さ～ん、すごかったです～わたし花岡さんが他の魔法を使ってるところも見てみたいな～」

小谷さん、やっぱり優《やさ》しいな。スケルトンなんて倒したからってすごいはずないのに、これだけ俺《おれ》の事を持ち上げてくれるなんて。

こんなに隊の人たちがサポートしてくれるんだから、初日だからなんて言ってられない。

少しでもみんなの役に立てるように頑張《がんば》らなきゃいけない。

「隊長、さっきのなんすか」

「ただの『ファイア』じゃないでしょうか」

「隊長……」

「わかってますよ。ただのじゃないですね。威力なら中級の『ファイアブリッツ』くらいはありそうですね。まあ『ファイアブリッツ』で蒼い炎が出たのは聞いたことないですけど」

「蒼い炎ってことは温度がめちゃくちゃ高いってことっすよね」

「そうでしょうね」

「それって超級魔法《ちょうきゅうまほう》の『アークファイア』とかと一緒なんじゃ」

「そうかもしれませんね」

「マジすか」

結局、この日はあと二回ほど俺が戦い、あとは他の方たちの戦いを見させてもらった。

やはりみんな強いし、かっこいい。

配信で人気なのもうなずける。

みんな俺と違って絵になる。

中でも後藤隊長の戦いはすごかった。

レイピアのような細剣を操《あやつ》り、魔法の発動スピードと着弾迄《ちゃくだんまで》のスピードがけた違いに早かった。

やっぱりトップチームの隊長となると全然違う。

俺が初日だったこともあり、一階層だけで切り上げることになった。次からは足を引っ張らないように頑張りたい。

ダンジョンを切り上げてから聞いたことだけど後藤隊長のジョブは魔法剣姫だそうだ。

聞いただけでもすごいジョブなのが分かる。

何しろ魔法の剣姫だ。

後藤隊長の風貌《ふうぼう》と重なり本当にお姫様に見えてくるから不思議なものだ。

＊＊＊＊＊＊＊＊＊＊＊＊＊＊＊＊＊＊＊＊＊＊＊＊＊＊＊＊＊＊＊＊

防衛機構後藤隊を語るスレ６７５

３４　今日の配信ヤバかったな

３５　ああ、マジでやばかった

３７　なにあれ？

３９　ぶっ壊れキャラ？

４０　１階層だけだったけど異常な配信だったな

４１　花岡修太朗４０歳

４２　イケオジ　執事　剣聖　炎神

４３　デビュー初日でどんだけ二つ名つくんだよ

４４　あれはつかない方がおかしい

４６　修太朗様、ステキ。指輪してなかったみたい。もしか独身？

４８　それはないだろ。ありゃモテるわ

４９　あれは反則。チート　リアルチート　リアチー

５１　湊ちゃんとどっちが強いのかな

５２　おま、それきく？

54　そりゃ隊長でしょ

55　湊ちゃん魔法剣姫だし

57　花岡、あれまだ力隠してるって

59　初級魔法しか使ってなかったしな

60　初級であれってなに？

61　うん、意味わからん。化け物？　変態？

63　修太朗さんは変態じゃない！

65　まじめな話湊ちゃんより上なんじゃ

66　まじめじゃなくてもそれは感じてる

67　新人で防衛機構のエース越え？　まじか

68　湊ちゃんファンはあれだけど人類的には強い魔法使いは大歓迎でしょ

69　まちがいない

71　あんだけ強かったらダンジョンの最奥とかいけんじゃ

72　それは気が早すぎ。ゆうてまだ１階層

74　明後日の配信は絶対だな

75　今日の配信同接１５０万いってたな。

76　近いうち２００万は堅いな

77　色々矢部～

＊＊＊＊＊＊＊＊＊＊＊＊＊＊＊＊＊＊＊＊＊＊＊＊＊＊＊＊＊＊＊＊

ダンジョンから戻《もど》ると、その日の活動報告を書いて、軽く反省会のようなものを開いてから一日の業務が終了《しゅうりょう》となった。

反省会というよりも、一方的に褒《ほ》めてもらったというべきだろうか。

自分で思ったよりも初日としては上手くやることが出来ていたらしい。

活動報告も、いつも書いていた営業報告に比べてもそこまで多くはなかったのでスムーズに書き終える事が出来た。

嘘《うそ》のような話だけど、ダンジョンに潜《もぐ》った次の日は休みとのことなので明日は休みだ。

週三日ダンジョンへと潜り一日デスクワークを行い、三日休み。

なんと驚異《きょうい》の週三休み。

しかも時々長期休暇《きゅうか》もあるというのだから驚《おどろ》きだ。

今まで勤めていた会社も、比較的《ひかくてき》ホワイトだったと思うけど、ここはそれをも軽く超《こ》えてくる。

ダンジョンに潜った翌日を休みとすることで、隊員の摩耗《まもう》と事故や離脱《りだつ》を防ぐ目的があるそうなので、この週三休みにも重要な意味があるらしい。

一つ問題があるとすれば、そんなに休みがあっても俺自身やることがないくらいだろう。

休みが増えて部屋で過ごす時間が多くなると、手持無沙汰《てもちぶさた》で缶酎《かんちゅう》ハイの本数が増えそうで怖い。

これを機になにか、健康的な趣味《しゅみ》を探すのもありかもしれない。

優しい上司に、温かな先輩達《せんぱいたち》。

そしてこれだけの厚遇《こうぐう》。

控《ひか》えめに言っても恵《めぐ》まれすぎている。

ダンジョンとは、本来命がけで、今日のはみんながフォローしてくれたからというのは重々承知している。

それでもやっぱり魔法が使えるようになって良かった。

反省会も、俺が反省の弁を述べようとするとみんなが褒めてくれるし、勘違《かんちが》いしそうになる。

今までの人生では経験したことがないレベルで褒めてくれる。

まさに褒め殺しと言っていいレベルだ。

新人史上最強とか、配信の星ニュースター誕生とかいったい誰《だれ》の事かと聞きたくなった。

だけど、この年になっても、褒められるのはむずがゆいというか、嬉《うれ》しいものだというのをいやというほど実感できた。

きっと褒めて伸《の》ばす方針なんだとは思うけど、オッサンが褒められたからといって伸びるのかは少々疑問に思うところもある。

ただ、みんなの期待を裏切らないように明後日からまた気を引き締《し》めていこう。

「花岡さ～ん、この後暇《ひま》ですか～」

「はい、特に予定はありませんが」

「そうですか～、これからみんなで花岡さんの歓迎会《かんげいかい》しようと思ってるんですけど～いかがですか～」

歓迎会までしてくれるとは、本当にいい先輩達だ。もちろん断るという選択肢はない。

「はい、それは是非《ぜひ》」

「は～い、それじゃあ後藤隊行きつけの店に行きますよ～」

そろそろ帰ろうかと考えてたタイミングで小谷さんが歓迎会に誘ってくれたので、参加させてもらうことにする。

後藤隊全員が参加してくれるらしく五人で、隊の行きつけのお店に向かう。

「ここですか⁉」

「は～い、ここで～す」

行きつけのお店だというからてっきり普通の居酒屋か何かだと思っていたけど、連れてきてもらったのは、なんと高級そうな料亭《りょうてい》の個室。

こんな高級なお店、今までに一度も来たことがない。

偉《えら》い人たちが秘密の会合をひらいてそうな場所だ。

こんなお店がいきつけとは、さすがは防衛機構の人たちだ。

「もう、コースで頼《たの》んでるんで〜お酒は何がいいですか?」

コース料理か。

俺も社会人生活が長いのでコース料理を食べたことがないとは言わない。だけどこのお店のコース料理か。

いったいいくらするんだ?

普段《ふだん》なら酎《ちゅう》ハイを頼むところだけど、ここの料理に酎ハイは無い気がする。

「小谷さんのおすすめはありますか?」

「私のおすすめは〜このすだち酒で〜す」

「じゃあ俺もそれでお願いします」

「おそろいだ〜」

そこからは、落ち着いた感じで会は進んで行った。

オッサンが俺しかいないからか、当然宴会芸《えんかいげい》を要求されることもなく穏《おだ》やかだ。

以前の会社では営業をしていたこともあり、喜んでもらう為《ため》にそれなりに芸も磨《みが》いた。

ただ、ここで披露《ひろう》するようなものではないのは間違《まちが》いない。

そして、ひとつ言えるのは後藤隊のみなさんはお酒が強い。

後藤隊長はいくら飲んでも全く変わらない。

もちろん仕事中に比べるといくぶん表情は和《やわ》らいでいるように見えるけど、結構なペースで飲んでいるにもかかわらず、その凛《りん》としたたたずまいが乱れることはない。

小谷さんは明るさに磨きがかかる感じで、俺にも気さくに話しかけてくれて、どんどんお酒がすすんだ。

大仁田さんはもともとお酒がすきらしく、日本酒を一人でぐいぐい飲みほしていく。

そして意外にも喜田さんもお酒に強いらしくマイペースでどんどん飲んでいる。

俺もすだち酒はおいしく頂いたけど、これをどんどん飲むとまずいというのはすぐにわかった。おいしいけど、いつもの酎ハイよりも濃《こ》い。

途中《とちゅう》からかなり抑えながら付き合わさせてもらっている。

出てくる料理はどれも素晴らしくおいしい。

料理に詳《くわ》しくない俺でも、出てくる料理の一つ一つが手の込んだ素晴らしい料理だとい

うことはわかる。

ただでさえ高そうなお店で、こんなにどんどん飲んでお金は大丈夫なのか心配になって確認《かくにん》してみたが、配信による手当てがかなりあるとのことで、今日はご馳走《ちそう》になることになってしまった。

俺もすぐに配信長者になると冗談《じょうだん》を言われたけど、酒の席だし話一分《いちぶ》くらいで聞いておくのがちょうどいい気がする。

なぜか今日の食事も俺のおごりみたいなものだからとお礼を言われてしまったけど、そこは意味がよくわからなかった。

なんでおごられた俺がお礼を言われるんだ？？？

小谷さんと喜田さんには俺が独身であることをかなり突っ込んで聞かれたけど、意外なことに隊の皆《みな》さんも独身とのことだった。

みんな美男美女なのにやっぱりトップチームともなると、そういう時間も限られてくるのかもしれない。

隊の皆さんでさえそうなのであれば、俺に相手が見つかる可能性はゼロだな。防衛機構に所属したら万に一つでもモテることもあるだろうかと淡《あわ》い期待を抱《だ》いていたけど、ないのは確定だ。

ただ、小谷さんがほんのりピンク色が差した顔で、

「わたしが奥《おく》さんになってあげてもいいよ～」

と言ってきた時には、冗談とわかってはいても年甲斐《としがい》もなくドキドキしてしまった。

小谷さんは、明るくてかわいらしいし、彼女《かのじょ》を奥さんに出来る人がうらやましいものだ。

「ちょっと、凛！　いきなり何言ってるの⁉　お酒飲み過ぎたんじゃない？」

何故《なぜ》か後藤隊長が慌《あわ》てていたけど、小谷さんはまるで意に介《かい》さず。

「だいじょうぶで～す。花岡さ～ん、わたしも～犬は苦手なんです。お揃《そろ》いですね～」

「はぁ、そうなんですね」

「そうですよ～わたしは猫《ねこ》派で～す。花岡さんは猫ってどうですか～」

「猫ですか？　いいと思います。ペットを飼えるマンションに住んだことはないんですけど」

「こんどペットＯＫのマンションに住んでみます？」

「え～っと、寮《りょう》はペットダメだったと思うんですけど」

「だ～か～ら～引《ひ》っ越《こ》してみます？」

「どこにですか？」

「わたしのところです～」

「いや、いや、いや、わたしのところって、本気にしちゃいますよ」

「もちろん本気ですよ～」

小谷さんのは冗談とはわかっていても心臓に悪い。

「小谷さん、やっぱりお酒飲み過ぎましたか？」

「ぜんぜ～ん。花岡さんって昔から強かったんですか？」

「え？　いや、ぜんぜんですよ。どっちかといえば弱い方かと」

「だって、言ってたじゃないですか～。前に犬に襲《おそ》われてた女の子を助けたって～」

「あ～お酒の事じゃないんですか。そういえばそんな話しましたかね」

「しましたよ～。一生忘れませんから～」

「一生ってそんな大げさな」

「……忘れるわけない」

やっぱり小谷さんちょっと飲み過ぎたのかな。

「花岡さん犬に襲われた女の子も助けたんですか？」

小谷さんと話していると犬の話に興味をひかれたのか今まで静かに飲んでいた後藤隊長が、話しかけてきてくれた。

「いえ、ずいぶん昔の話ですよ。それにあれは助けたというより、俺が勝手に襲われたというか」

「よかったら、詳しく聞かせてください」

昔の失敗談を軽く終わらそうと思ったけど、思いの外後藤隊長が真剣《しんけん》な顔で聞いて来るのであの時の事を話す事にする。

「あれは、たぶん十年いや十五年くらい前なんですけど、仕事で営業回りしてたんです。そしたら女の子の泣く声が聞こえてきて」

「そうなんですね。それで花岡さんが助けに向かったと」

「いえ、そういうつもりじゃなかったんですけど気になってしまって」

「花岡さんらしいですね」

俺らしい？　俺ってこの二日で、そんなお助けキャラみたいな雰囲気《ふんいき》出していただろうか。

「声のする方に向かったら女の子が結構大きな犬に襲われそうになってたんです。これはまずいと思って、大声で犬の注意を引いたんですけどね」

「さすが花岡さんですね」

「いえ、それが情けないことにそのあと犬がこちらに襲いかかってきまして。必死に逃《に》げた次第《しだい》です」

「大丈夫だったんですか？」

「いや～スーツはびりびりに破れるし、結構激しく噛《か》まれて流血するし散々でした」

「………………」

あれ……。

女性陣《じょせいじん》の人達《たち》にちょっと引かれてしまったかな。内容が内容だったからか遠慮《えんりょ》がちに小谷さんが質問してきた。

「花岡さん……その時の女の子の事憶《おぼ》えてますか～？」

「え？　女の子ですか？　いえ、必死でしたし戻った時にはいなくなってたんですよ」

「あ……ごめんなさい」

「え？　小谷さんどうかしましたか？」

「い、いいえ、なんでもないで～す。ありがとうございました～」

失敗談の落ちが流血でちょっと変な空気になっちゃったな。

「花岡さんは、昔からヒーローだったんですね」

「ヒーロー!?　そんなんじゃないですよ」

「花岡さん謙遜《けんそん》が過ぎますよ。そんなの助けられた女の子からしたらヒーローそのものじゃないですか」

「喜田さんまでそんな……」

やばい。あの時の失敗談をこんな風に持ち上げられたら、恥《は》ずかしくていたたまれない。

「花岡さんの事ですから他にも英雄譚《えいゆうたん》がありそうですね」

「え、英雄譚⁉　そんなものありませんよ。あるわけないじゃないですか」

「そうですか？　事故にあった親子を助けたりとか……」

「あ～たまたまそういう場面に居合わせたことはありますけど、英雄譚とかそんなすごいもんじゃないですよ」

「それはいつ頃《ごろ》の話ですか？」

「え～っと結構前ですよ。あれも十年は経《た》ってるかな～」

「その親子は……」

「お母さんと娘《むすめ》さんでしたけど、どうにか助ける事が出来たんですよ」

「その娘さんって高校生くらいの？」

「あ～そうですね。中学生か高校生くらいの娘さんだったかな～」

「……やっぱり」

「え？　後藤隊長どうかしましたか？」

「い、いいえ。やっぱり花岡さんは花岡さんだな～と思っただけです」

「はあ、そうですか」

花岡さんは花岡さんだな～ってどういう意味だろう。

まあ、みんなお酒を飲んでいい感じだし、深い意味はないんだろうけど。

「いや～花岡さん半端《はんぱ》ね～っす。今日見て思ったっすけど、マジですごいっす。マジパネ～っす。さすがは大魔導士っす。いや大魔導士になる前からってマジ英雄《えいゆう》っす」

大仁田さんはお酒を飲むと少しキャラが変わってしまった。変わったというかちょっと崩《くず》れたというか、所謂《いわゆる》陽キャ全開だ。

「俺も子供の頃《ころ》からヒーロに憧《あこが》れてたんすよ。それで今頑張れてるんすけど、花岡さんマジ尊敬っす。やっぱ歳じゃないっすね。イケオジヒーロー人気出ないはずはないっす」

大仁田くん？　子供の頃からヒーローに憧れたのは俺と同じだしなんか嬉しいけど、イケオジヒーローって誰の事？　まさか俺？　俺はイケオジでもヒーローでもないんだけど。

それにしても後藤隊の褒め殺しが、飲みの席でも止まらない。

もしかしたら、一生分褒められてしまったんじゃないだろうか。

確実に今までの四十年分よりは今日一日の方が褒められている。

楽しい時間というのは過ぎていくのも早いもので、あっという間にお開きの時間が来てしまった。

夜も遅《おそ》いので、小谷さんを大仁田さんが送り、家が比較的近いとのことで俺が喜田さんを送っていくこととなった。

後藤隊長は大丈夫なのかと心配になったけど、まったく酔《よ》った素振《そぶ》りを見せることなく、スタスタと帰ってしまった。

「それじゃあ喜田さん行きましょうか」

「はい」

二人で歩きながら家路につく。

「花岡さん、今日は本当に良かったです。間違いなく人気出ますよ」

「またまた〜。喜田さんにそんな風に言われたら調子に乗っちゃいますよ」

「花岡さん、本気にしてませんね？　後藤隊を舐《な》めちゃだめですよ。今日の同接150万ですから」

「150万⁉　すごいですね〜」

「花岡さんわかってないです。花岡さんだからですよ」

「はぁ」

何が花岡さんだからなのかまったくわからないけど、とりあえず喜田さんが褒めてくれてるってことでいいんだよな。

「あっ、私の家ここです。送ってくれてありがとうございました」

「いえ、こちらこそ今日はありがとうございました。また明後日よろしくお願いします」

「こちらこそです。おやすみなさい」

喜田さんがマンションの中に入るのを見届けてから自分のマンションへと歩きで戻る。

それにしても喜田さんのマンションすごかったな。

多分、何億もするような部屋があるマンションだと思うけど、喜田さんの親御《おやご》さんがすごいお金持ちなんだろうか。

ということは喜田さんは結構なお嬢様《じょうさま》なのか。

なんか喜田さんのイメージにぴったりだな。

お嬢様で防衛機構でバリバリ働いてるなんてすごいな。

そんなことを思いながら、自分の部屋へと到着《とうちゃく》する。

喜田さんのマンションとは比べるまでもないけど、今回借りた寮の部屋は家賃十二万円の１ＬＤＫだ。

正直十二万円は俺にとって安くない。

それなりの金額だけど、職場から近いし防衛機構の給料を当てにして思い切って奮発してみた。

色々調べてみると寮ということもあってこの立地でこの家賃は格安らしい。

おかげで、以前の部屋と比べてもかなり快適に過ごすことが出来ている。

それにしても今日の料理は美味《おい》しかったなぁ。

美味し過ぎてお酒も進んでしまった。

抑《おさ》えて飲んだとはいっても俺にとってはそれなりの量飲んだ。

すだち酒も料理も本当においしかったし、このまま眠《ねむ》れば明日の昼まで熟睡《じゅくすい》できそうだ。

それにしても楽しいお酒だったな～。

第4章 ◆ 四十歳のルーキー

「おはようございます」

昨日しっかり一日休ませてもらった。

やっぱり勤務の次の日がほぼ休みって待遇《たいぐう》良すぎる気がする。

一昨日使うことのなかった中級と上級魔《ま》法《ほう》も念のため教本をみてしっかり復習しておいたので抜《ぬ》かりはない。

初日で一階層でやれる感覚はある程度掴《つか》めたと思う。

やっぱり、他の隊員の存在が大きい。

一人だとこうはいかないと思うけど安心感が違《ちが》う。

朝出勤後装備を整えてすぐにダンジョンへと向かう。

「花岡《はなおか》さ〜ん、きょうもよろしく〜」

「はい、よろしくお願いします」

「今日は様子を見て下の階に降りれるようなら降りてみようと思います」

「そうなんですか」

二日目でもう下の階へ降りるのか。

後藤《ごとう》隊長がそういうなら下の階層のモンスターもそこまで強いわけではないのかもしれない。何事も経験だ。

「今日は、最初から撮影《さつえい》しますね。皆さんお待ちかねだと思うので」

それはそうだろう。何しろ同接150万という数の視聴者《しちょうしゃ》がいるんだ。後藤隊の配信を心待ちにしている人はいっぱいいるんだろう。

それにしても平日の朝からそれだけの人が見てるって考えただけでもすごいことだ。

「は〜いみんな〜、きょうも始まるよ〜。もちろんみんなお待ちかねの大型新人さんも登場するからね〜」

小谷《こだに》さん、大型新人って俺の事ですか？　ちょっとやめてほしいです。そんな風に紹介《しょうかい》されるとリアルとのギャップに画面越しの反応が怖《こわ》すぎていたたまれなくなりますので。

〝おおっ、りんちゃ〜んおはよ〜〟

〝はじまった。まちきれない〟

〝一昨日のが俺の目の不調でないことを祈《いの》る〟

〝大型新人修太朗《しゅうたろう》〟

〝まってた〟

〝すごくまってた〟


昨日と同じようにスライムを素通《すどお》りしてダンジョンの奥へと進んで行く。

「花岡さん、ゴブリンが来ます」

「はい」

ゴブリンの姿は俺にはまだ見えないけど後藤隊長には見えているんだろう。

剣《けん》を手にして身構え、慎重《しんちょう》に進んで行くと本当にゴブリンが現れた。

さすがは後藤隊長だ。

「花岡さ～ん、視聴者さんがお待ちかねですよ～。お願いしま～す」

「俺でいいんですか？」

「はい、花岡さんがいいんで～す」

「わかりました。それでは行かせていただきます」

実は昨日ひどい全身筋肉痛に襲われてまだ今日も痛みが残っている。たぶん一昨日使った『ギリスマティ』の副作用だ。ほとんど運動してなかったところにいきなり強化魔法で動いたものだから身体中《からだじゅう》の筋肉が悲鳴を上げている。

大仁田《おおにた》さんは褒めてくれたけど、かなりきつい。

やっぱり年かな。

今日は一昨日よりも少しだけ魔力《まりよく》の出力を抑えてみよう。

「古今東西の英霊よ、気高き、その力、その魂、その権能を我に示し、敵なるものを打ち倒す英知を授けたまえ『ギリスマティ』」

うん、問題なさそうだ。

今日は焦《あせ》らず落ち着いてるし一昨日一度使用したことで前回よりもスムーズに発動した気がする。

身体からは濃い金色の光が立ち上る。


〝キタ～〟

〝闘気が！〟

〝エフェクトがかっけ～〟

〝強者のオーラ〟

〝闘神顕現《けんげん》〟

ゴブリンへと駆《か》ける。

身体に痛みはあるけど問題なく動く。

このスピード感も一昨日体験済なので驚きはない。

一瞬《いっしゅん》で距離《きょり》を詰《つ》め剣を振《ふ》るう。

サクッと斬《き》れてしまうこの切れ味。一昨日も思ったけどこの剣すごすぎる。間違って自分に触《ふ》れてしまったらその部位がスパッとなくなりそうで怖い。

返す刀でもう一匹《ぴき》も倒す。

うん、やっぱりモンスターとはいってもゴブリンはそれほど強くない。

『ギリスマティ』の効果がてきめんだ。

これだけスパッと斬れれば技量とか関係ないな。

昔読んだ漫画《まんが》やアニメにもゴブリンは雑魚《ざこ》モンスターとして描《えが》かれていたけど、あれは事実に基づいていたんだな。


〝おおっ、フレームアウトしそう〟

〝今日も瞬殺《しゅんさつ》〟

〝やっぱり俺《おれ》の目は正常だった〟

〝あのゴブリンが雑魚《ざこ》扱《あつか》い〟

〝人類の敵が紙〟

〝本当にあれゴブリンだった？　あのゴブリン？〟

〝すごすぎ。修太朗。すご太朗〟


「ふ～おわりました」

「お疲《つか》れさまでした。花岡さん流石《さすが》ですね」

「いやいや、相手はゴブリンですから」

一昨日に続き後藤隊長が褒めてくれるけど、こんなに褒められるとうれしい反面照れくさい。後藤隊が褒めて伸ばす方針なのは一昨日で十二分に理解できたけど、それでもやっぱり照れくさい。

「隊長、花岡さんってもしかしてあれっすか」

「そうみたいですね。大仁田さんが最初にサクッと倒しちゃったからじゃないですか？」

「いや、だって花岡さんにいい所見せたくて本気出しましたから」

「ふふっ、おかげで花岡さんのゴブリン評はかなり低いみたいですね」

「おかしいですって。だってゴブリンですよ？　普通《ふつう》は苦戦するでしょ。人類の敵ですよ。いくらイケオジヒーローって言っても新人ですよ？」

「まあ花岡さんですからね」

「ですよね～」


〝剣聖《けんせい》はここにいた〟

〝修太朗なら兜割《かぶとわり》いけそう〟

〝いや、普通に鉄でも断《た》ちそうだぞ〟

〝標準装備が聖剣《せいけん》にしかみえん〟

〝もしかしてあれは勇者に伝わる伝説の武器〟

〝勇者修太朗爆誕《ばくたん》〟

〝修太朗様～こっち向いて～〟


さすがに二日目なのでペースアップして、どんどん進んで行く。

「あれってもしかして」

「そうですよ～あれが二階層への階段です」

目の前が開けて少し広いスペースに出たと思ったら下に向け大きな階段が現れた。

大きなホテルとかにありそうなサイズの大きな階段が下へと続いているのが見える。

「花岡さん、せっかくなのでこのまま下に降りましょう」

「はい、わかりました」

当初からそう言われていた通り順調に来ているというところだろう。

大仁田さんに続いて階段を降りていくとそこにもさっきと同様にダンジョンのフロアが広がっていた。

「すごいですね。こんなのが何層も。ちなみにこのダンジョンは何層迄《まで》あるんですか？」

「今わかってるのは十九層までですね。私たちの到達《とうたつ》フロアは十一層ですけどね」

「そんなにあるんですか⁉」

「はい」

「ちなみに十一層って日帰りで行けるんですか？」

「いえ、さすがにそれは無理ですね。泊《とま》りがけです。もちろん特別手当はしっかり出ますよ」

「そうなんですか」

十一層迄《まで》到達《とうたつ》している後藤隊はやっぱりすごいな。それにダンジョンに泊りがけで臨《のぞ》むって想像もつかない。

すごい世界だ。

二階層を大仁田さんの先導で進んで行く。

今のところそう一階層と違いはない。

唯一《ゆいいつ》違うのはスライムがいなくなったことだろうか。

モンスターもいないので自分たちの足音だけが響《ひび》き渡《わた》る。

静かだ。

みんながいてくれるので大丈夫《だいじょうぶ》だけど、一人この静けさを進むのは怖いな。

「花岡さん、敵です」

「はい」

先頭を歩く大仁田さんがモンスターの出現を知らせてくれる。

「ウルフハウンドっぽいです」

ウルフハウンドというくらいだから狼《おおかみ》か犬っぽいモンスターか。

「隊長、どうしますか？」

「そうですね。花岡さんやってみますか？」

「え⁉　俺ですか？」

「はい。もし危ないようなら私が責任をもってフォローしますから。それに花岡さんなら大丈夫だと思いますし」

「そうですか。わかりました、やってみます」

後藤隊長がここまで言ってくれてるんだからきっと問題ないんだろう。

犬だしそこまで怖いモンスターではないのかもしれない。

いや、モンスターじゃなくても犬は苦手だけど。

〝おおっ、いきなり修太朗〟

〝ウルフハウンドはスピードあるし結構手ごわいぞ〟

〝湊《みなと》隊長スパルタ〟

〝いや、ゆっても勇者だし〟

〝聖剣がうなるか〟

耳をすませば複数の唸《うな》り声が聞こえてくる。

慎重に進んで行くと大型の狼っぽいモンスターが姿を現した。

大きい。

完全に犬の範疇《はんちゆう》は超えている。

それに野性的な風貌《ふうぼう》は犬というよりも完全に狼寄りだ。

初めてのモンスターを前に緊張感《きんちよう》が走る。

巨大《きよだい》なウルフハウンドを見て、あの時の事がフラッシュバックする。

変な汗《あせ》が流れ落ちる。

しかも、あの時の犬と比べてもはるかに大きく、凶暴《きようぼう》に見える。

いや、大丈夫だ。後藤隊長がいけるって言ってたしダメなら後藤隊長が助けてくれる。

「ふ～っ、行きます。「その翼《つばさ》は敵を裂《さ》き、その吐息《といき》は空を穿《うが》つ。幾千の刃《やいば》を纏《まと》いしその気高き咆哮《ほうこう》を敵に示せ『ウィンドスピア』」

俺の選択《せんたく》は風の初級魔法。

おそらくは敵モンスターはスピード型。

なんとなく剣でもいける気もするけど、恐怖心《きようふしん》もありスピードに優《すぐ》れた風魔法《ふうまほう》を放つ。

風の槍《やり》が目の前で唸りを上げるのが聞こえてくる。

慎重に魔力量を調節し風に乗せ開放する。

解放された風の槍がウルフハウンドの身体を貫《つらぬ》く。

続けざまに風の槍を発動し、残りのハウンドに向け順番に放っていく。

魔法のすごいところは、初心者の俺が放っても狙《ねら》いを付けたところへ寸分の狂《くる》いもなく命中してくれるところだ。

風を選択したのは正解だったようだ。

「やっぱり魔法すごいな」

大型のウルフハウンドに緊張したけど思ったよりあっさりと倒すことが出来た。

昨日小谷さんが使っていたので真似《まね》をさせてもらったんだけど、問題なく発動できてよかった。

風魔法は学校で一度も使ってなかったから、ちょっと心配だったけどぶっつけ本番で上《う》手《ま》くいった。

「隊長、どうにか上手くいきました」

「はい、ご苦労様でした。素晴《すば》らしいお手並みでした」

「ありがとうございます。恐縮《きょうしゅく》です」

「花岡さん、私にはもっと気楽な感じで大丈夫ですよ」

「はい、ありがとうございます」

「隊長、今同接180万超えたみたいっすよ。本当に200万いくんじゃないっすか?」

「まあ、花岡さんですからね」

「たしかに。ていうか俺いります？」

「何言ってるんですか。大仁田さんのファンも熱いじゃないですか」

「なんでか俺のファンってマダムが多いイメージなんすよ」

「マダムキラーですね」

「別に殺してないですって」

まだ一回だけだからはっきりとしたことは言えないけどこの感じなら二階層も初級魔法で行けそうだ。

中級は使ったことないし、調整が上手くいくかちょっと不安ありなんだよな。


〝おおっ『ウィンドスピア』連発〟

〝命中しまくってる〟

〝ウルフハウンドの動き無視〟

〝風姫《ひめ》よりもしかしてすごい？〟

〝いや、りんりんは可愛《かわい》いから負けはない〟

〝そう可愛いは正義〟

〝イケオジも正義〟

〝やっぱ近接だけじゃなく放出系もやべーな〟

〝イケオジずるい〟


〝ウルフハウンド、今回は相手が悪かった〟


ウルフハウンドがいたところを確認すると地面にキラキラしたものが落ちている。

「何か落ちてますね」

「ああ、魔石《ませき》です」

「これが魔石ですか。宝石みたいですね」

「まあ、ある意味宝石より価値がありますから」

地面に落ちているそれは青みがかった小さな宝石のようだ。

話には聞いてたけど、もちろん実物を見るのは初めてだ。

これが魔石。

ダンジョンのモンスターを倒すと時々残されていることがあるというエネルギー結晶《けっしょう》。

色々と使い道があるらしく隊長が言っていたようにある意味宝石よりも有用らしい。

昨日の一階層では一度も出なかったので、二階層だからドロップしたのかもしれない。

「ドロップはきちんと等分割《とうぶんかつ》だから安心して下さい」

「そうなんですか」

「給料より普通にこっちの実入りが多いので心配いりませんよ」

「いえ、別にそういう心配は……」

給与《きゅうよ》よりドロップの分配のほうが多いのか？

給与だって前の会社より多いのにそれより多い⁉

希少な魔石とはいえ、この小さな青い石がそんなに高いのか。

宝石よりも価値があるって値段もなのか。

それを等分でもらえるとは待遇がよすぎる気がする。

まじめに頑張《がんば》れば、すごく貯金できそうだけど、やっぱり危険手当みたいな意味合いが強いのかもしれない。

「それじゃあ特に消耗《しょうもう》もないようですし、このままどんどん進みましょう」

「はい」

魔石は喜田《きた》さんが回収してそのまま先へと歩を進める。

「花岡さん、歩きながらインタビューいいですか？」

「インタビューですか？」

喜田さんに突然《とつぜん》インタビューと言われて少々面食らってしまう。

いくら新人でも、俺のインタビューに需要《じゅよう》があるとは思えない。

だけど少しでも皆《みな》さんの役に立てるなら受けないという選択肢《せんたくし》はないので当然了承《りょうしょう》する。

「花岡さんのご趣味《しゅみ》は？」

「趣味ですか？　特には……」

「好きな食べ物は？」

「焼き鳥ですかね」

「ご結婚《けっこん》は？」

「え〜っと、恥ずかしながらしたことがないです」

「タイプの女性はどういった」

「いえ、自分は選べるような立場ではないので」

「それは、女性から選んでもらえれば特に条件はないということでしょうか」

なんか思ってたインタビューと違う。

結構、俺の痛いところをえぐってくる。

「それはもちろんですが、そんな奇特《きとく》な女性はなかなかいないかと」

「そうですか。そうでもないと思いますけど、花岡さんは今流行の無自覚系というやつでしょうか」

「無自覚系ですか？　いや、どうでしょうか。自分ではよくわかりませんが」

無自覚系？　そんなのが今の流行なのか？　そもそも何を自覚していないのかよくわからない。

「視聴者のみなさん、ということのようです。無自覚系大型新人花岡修太朗隊員のインタビューでした。次回のインタビューもお楽しみに」

え？　またインタビューがあるのか？　しかもお楽しみにって、今のインタビューのどこにお楽しみ要素があったんだ？


〝きゃ～修太朗様～〟

〝ここにいます。ここにいますよ～〟

〝どこにお見合い写真おくればいいですか？〟

〝修様～今すぐあなたのもとに参ります〟

〝いまのマジか？〟

〝あの感じキャラじゃなさそうだな〟

〝きた～無自覚系イケオジ〟

〝ごちそうさまです〟

〝いや、配信であれはズルい〟

〝女性票がやばいことになるんじゃ〟

〝独身なのか。これは人気出るわ〟

〝つぎはもっと核心《かくしん》ついて〜〟

〝ナイス桜花《おうか》ちゃん〟


「隊長、同接もうすぐ190万いきそうっすけど」

「ふふっ、すごいですね。この隊の新記録じゃないですか？」

「いや、でもインタビューですよ。モンスターとの戦闘《せんとう》ですらないのにすごすぎっす」

「さすがは花岡さん数字持ってますね」

「まだまだですよ〜。花岡さんの魅力《みりょく》はこれからですから〜」

「そうですよね。まだ二日目ですから。でもまじめな話なんであの人独身なんだろ。わからんすね」

「花岡さんですから」

「そうですね。まだまだ謎《なぞ》多き人ですね」

初めてのことばかりで戸惑《とまど》うことも多かったけど二日目も、皆さんのサポートもあり順調に進むことが出来た。

まあ、本来後藤隊は十一階層まで進んでいるそうなので、完全に俺のペースに合わせてくれている状態だ。

俺が慣れるために、モンスターを譲《ゆず》ってくれることも多く本当にいい経験を積ませてもらっている。

配信もあるし皆さんの出番を奪《うば》っているようで心苦しい気持ちもあるけど、今は皆さんの厚意に甘《あま》えておこうと思う。

本当に隊の皆さんには感謝だ。

こんなに安全にダンジョンでの実地経験を積めるとは思っていなかった。

今日一日で二階層のモンスターにもだいぶ慣れることが出来たし、次回は三階層に向かうらしい。

これだけ厚いサポートを受けているので、初めてでも焦ることなくダンジョンに潜《もぐ》ることが出来ている。おかげで、初代大魔導《まどう》士の二の轍《てつ》を踏《ふ》まずにすみそうだ。

ダンジョンを引き上げ、報告書を書き上げる。

報告書も小谷さんが丁寧《ていねい》に教えてくれたので問題なく書き上げる事が出来た。

優《やさ》しい先輩《せんぱい》に感謝だ。

今日の仕事をすべて終えたけど時刻はまだ十八時だ。

後藤隊長はまだ書類仕事が残っているようだったし、定時ぴったりの退社に少しだけ罪悪感を覚えてしまったけど、「先に帰ってください」といわれてしまったのでおとなしく帰る事にする。

マンションに戻《もど》る前にコンビニによって弁当と焼き鳥それとレモン酎《ちゅう》ハイを買う。

「ふぁ〜っ、うまい」

部屋に戻ってシャワーを浴びてからの一杯《いっぱい》は格別だ。

いままで身体を動かす機会が少なかったけど、ダンジョンは歩くし戦闘で身体も動かすしかなりの運動だ。

剣なんか今まで一度も振ったことなかったんだから当然か。

そして運動の後の風呂《ふろ》上りレモン酎ハイが最高にうまい。

これが文字通り格別というやつだな。

しっかり身体を動かして、仕事終わりにこの一杯。

コンビニの焼き鳥がまた合う。

しかも夢にまでみた防衛機構でモンスターを倒して、少しだけど世の中の役に立ててるだろうし、給与もアップした。

これ以上は望むべくもないけど、ほろ酔い気分で今日の事を思い返してみる。ゴブリンもウルフハウンドもそれほど強い感じでもなかったし自分なりにうまくやれている感覚もある。

そういえば喜田さんにインタビューされたけど、抉《えぐ》られたところが少しだけ痛む。

若くてきれいな人にインタビューされるとなお更《さら》だ。

結婚なんて高望みはしないけど、これで一緒《いっしょ》にお酒を飲んでくれる彼女《かのじょ》とかいたら最高だろうな。

いや、そんな夢みたいなことがあるはずないのはわかってるけど、すべてが変わった今ならなんて。

身体が疲れてて少し酔ってしまったかな。

いつになく感傷的になってしまった。

あまり気にするのもよくないと思い、ほろ酔いのまま眠ってしまう。

「う〜ん、あれ……。いたい」

もう朝か。よく寝《ね》た。

やっぱり初めてのダンジョンで疲れてたんだな。

「これって」

目を覚まして身体を動かそうとすると全身が痛む。

これはあれか。昨日の身体強化の反動か。

だけど、最初に身体強化を使って戦った後は、痛いには痛かったけどここまでじゃなかった。

なんでだ？

もしかして……。

これが世にいう老化⁉

まさか筋肉痛が日を置いて襲《おそ》ってくるというあれか？

いや、でも本当に痛いし、実際にこうなるとショックはでかい。

自分がオッサンだという自覚はあるけど身体もか。

今までの運動不足が完全にたたってる。

隊の人たちはみんな二十代だ。

何もせずに同じにやっていけると思ったのが間違《まちが》いだった。

俺は、大いに反省し、身体を無理やり起こしてから運動を日課とすることを決意した。

いきなりジムとかいくのはハードル高いし、まずはジョギングとかからだな。

もちろんジョギングシューズなんか持ってないので、お昼からスポーツ用品店に向かい、それっぽいウェアと店員さんに勧《すす》められたシューズを買った。

さすがに今日は身体が痛いので明日の朝からかな。

スポーツ用品店の店員さんが妙《みょう》にフレンドリーな感じだった気がするけど、知らない人だったし、親切な人だっただけだよな。

スポーツ用品店なんかめったに行くことなかったし、親切な人に担当してもらえてラッキーだったな。

＊＊＊＊＊＊＊＊＊＊＊＊＊＊＊＊＊＊＊＊＊＊＊＊＊＊＊＊＊＊＊＊

防衛機構後藤隊を語るスレ６８０

4　やばいな。２日でスレが６８０までいってる

6　単純計算で書き込み５０００超えてる

7　修太朗。ほぼ修太朗

8　修太朗独身はヤバイ

9　修太朗様。今度ファンクラブ作ろうと思う

11　修様渋すぎる。イケボが耳から離れません

12　２階層ってあんな感じだった？

14　あれが修太朗クオリティ

16　いつの間にか花岡から修太朗になってる

17　だって修太朗だから

19　勇者修太朗

20　明日３階層いくっぽいな

22　１日１階層

23　１４日で１４階層？

24　いや、さすがにそれはない

26　剣聖、いや剣神修太朗ならありえる

27　剣神ってかっけ～な

29　修太朗は控えめに言って既に神

30　女性人気すごいけど、男性のアンチも少ない

31　キャラっぽくないし嫌味がない

32　イケボ　イケオジ　勇者　剣神　謙虚　執事　無自覚系　独身どこにアンチが？

33　俺も修太朗に生まれたかった

34　同接１９３万迄伸びてたけど、明日は２００いくな

35　伸び方異常。このままいったら日本記録いくかも

36　さすがにそれは……あるな

38　伸びたの海外アクセスもあるな

40　日本が誇るコンテンツ

41　海外の動画のインパクトは完全に上回ってる

42　修太朗は世界に通用する

＊＊＊＊＊＊＊＊＊＊＊＊＊＊＊＊＊＊＊＊＊＊＊＊＊＊＊＊＊＊

「おはようございます」

隊のみんなに朝の挨拶《あいさつ》をすると小谷さんが俺の異変に気が付いたらしく声をかけてきてくれた。

「あれ〜修太朗なんかつかれてな〜い？」

「いえ、大丈夫です。ちょっと筋肉痛なだけですので」

「修太朗〜堅《かた》いって〜」

「ああ、すいません。ところでその修太朗というのは」

「修太朗は昨日から修太朗になったんです〜」

「はぁ」

俺が修太朗になったってどういうこと？

「今日から〜修太朗もわたしの事は名前でお願いしま〜す」

「名前ですか」

「そうで〜す。凛香《りんか》か凛《りん》かりんりんで〜」

「え〜っとそれでは凛さんでいいですか？」

「う～ん、さんつけるとちょっと違和感《いわかん》～。凜でお願いしま～す」

「凜ですか」

「はい、よくできました～」

「は、は……」

「修太朗さん今日も元気に頑張りましょう」

「はい、おはようございます」

「今日も楽しみですね」

「はぁ、そうですね」

「それはそうと修太朗さん私も名前でお願いします」

「はい、それでは湊隊長」

「まあ、最初だしそれでいいことにしておきます」

なぜか朝出勤すると俺は花岡ではなく修太朗になっていて、他の隊員たちのことも名前呼びすることが決まった。

いきなりなので少し戸惑ってしまったけど、きっともっと仲良くなれるようにとのみんなの配慮《はいりよ》だろう。

名前呼びは気恥《きは》ずかしいけど、その気持ちが嬉《うれ》しくて身に染《し》みる。

俺ももっと仲良くなれるよう頑張っていきたい。

朝一にそんなやり取りをしつつ早速《さっそく》ダンジョンへと潜る。

前回とは違《ちが》い二階層までは、他のみんなも戦いながら進んで行き、あっさりと二階層を突破《とっぱ》して三階層へと至った。

やはりみんなすごい人たちだ。


〝既に百九十万いってる〟

〝それより呼び方が変わった〟

〝名前呼びになってる〟

〝イケボで凛って、きゃ～〟

〝私の名まえもよんで～〟

〝やっぱ修太朗がしっくりくるな〟

〝花岡より修太朗だな〟

〝イケオジの距離《きょり》の詰《つ》め方がえぐい〟

〝陰《かげ》の者には不可能な名前呼び。うらやま〟

〝これがモテ漢のモテ漢たる所以《ゆえん》か〟

「修太朗さん、モンスターです。ストーンゴーレムですね」

あれがストーンゴーレムか。

大きな岩の塊《かたまり》が動いているような見た目だけど堅そうだし結構強そうだ。

「それじゃあ修太朗さんにお願いしてみましょうか」

「え？　俺《おれ》でいいんですか？」

「もちろんです。修太朗さんならいけると思います」

強そうだけど湊隊長がそういうなら間違いないんだろう。

岩だし、普通に考えて火とか水じゃ無理だ。

岩に岩をぶつけてみるか。

「悠久《ゆうきゅう》の大地に座し全ての礎《いしずえ》たるその力を貸したまえ。その強固な意志をここに示せ『アースフィスト』」

堅そうな相手を前に岩の拳骨《げんこつ》に少しだけ多めに魔力《まりょく》を込める。

今日で三日目なので緊張感もとれ、冷静に魔力の調整ができている気がする。

込めた魔力の量に比例して少し大きめの岩の拳骨が眼前のストーンゴーレムに襲いかかり粉々に粉砕《ふんさい》した。

やっぱり湊隊長の言う通りだった。

硬《かた》そうだから躊躇《ちゆうちよ》したけど全然いけた。

ダンジョンでは見た目やイメージは当てにならないということか。

初心者の俺が自分の感覚で自己判断してしまうのはやっぱりよくないな。

「みなさんやりました」

「修太朗すご～い」

「はい、問題なく倒《たお》せました。見た目ほど堅くはなかったみたいです」

「う～ん堅いは堅いんだけど修太朗だし～」

凛の修太朗だしというのは正直さっぱり意味が分からないけど、機嫌《きげん》は良さそうだし悪いことをしているわけじゃなさそうだし深く考えるのは控えよう。

「隊長、石を岩にぶつけてあんな砕《くだ》け方するもんっすか？」

「普通《ふつう》はしませんね」

「そうですよね。普通はもっと硬度《こうど》のある『アイアンブラスト』とかで削《けず》りません？」

「セオリーですね」

「修太朗さんが使ったの初級ですよ。初級魔法《まほう》であれってどうなんすか？」

「ほとんど反則ですね」

「ストーンゴーレムが弱モンスターみたいに映ってますよね」

「あれは結構厄介《やっかい》ですよね。堅いし燃えないし」

「感覚が麻痺《まひ》しそうっす。自分も修太朗さんといると勘違《かんちが》いしてやらかしそうです。気を付けないとやばいっす」

ストーンゴーレムの消えた跡《あと》には特に何も落ちてはいない。

三階層のモンスターだからといって魔石がドロップするとかそんなわけではないらしい。

やばい。一体で終わったかと完全に気を抜《ぬ》いてしまっていたけど、ここはダンジョンだ。

「修太朗さん、次がすぐそこまで来ていますよ」

そんな悠長《ゆうちょう》なことをしてる場合じゃなかった。

前方を注視していると、僅《わず》かに地響《じひび》きのようなものを感じる。

程《ほど》なくして前方からは先程《さきほど》倒《たお》したのと同じストーンゴーレム二体が現れた。

さっきは『アースフィスト』で問題なく倒せたけど『アースフィスト』は基本単発。複数の敵を倒すにはどちらかというと不向き。

連発するのに向いてるのは『アイスバレット』だ。

問題は氷で岩を砕けるのかという点だけど、さっきの感じならなんとなくいけそうなんだよな〜。

「湊隊長、『アイスバレット』でも大丈夫でしょうか」

「はい修太朗さんなら大丈夫だと思いますよ」

湊隊長のお墨付《すみつ》きが出たし間違いないな。

やっぱりダンジョンでは常識に囚《とら》われてはいけない。

「よし、次は氷系魔法の『アイスバレット』だ。それじゃあいきます。大気に宿る悠久の精霊《せいれい》よ、その零下《れいか》の息吹《いぶき》を放て。我《わ》が求めに応えて、ここにその姿を現せ！　『アイスバレット』」

氷の弾丸《だんがん》がストーンゴーレムの胸部を抉る。

いける。

魔法でできた氷はストーンゴーレムよりも硬い。

俺は氷の弾丸を続けざまに発射して二体のゴーレムを完全に黙《だま》らせて消滅《しょうめつ》させることに成功した。

湊隊長の事は全面的に信じてはいるけど、念のために少しだけ送《おく》り込む魔力の量を増やしておいた。

そんな必要はなかったかもしれないけど撃破《げきは》できたし問題ない。

「た、隊長今の見ました？　『アイスバレット』すよ。氷でなんで砕けるんですか？」

「修太朗さんですから」

「それはそうなんですけど氷が岩を砕くって絶対おかしいですよ」

「そうですね。でもそれが出来ちゃうのが修太朗さんですから」


〝ちょっとまて～い、いまのなんだ？〟

〝俺初めて見たかも。氷系の魔法でゴーレム倒してる人〟

〝意味が分からん〟

〝氷って水でできてる〟

〝ストーンゴーレム三体が、雑魚《ざこ》扱《あつか》い〟

〝いや、ストーンゴーレムより柔《やわ》らかいソフトゴーレムだったんじゃ〟

〝修太朗最高〟

〝これ鉄でも氷でいけるんじゃ〟

〝まさか……あるな〟

〝修太朗様♡〟

〝やばい、同接百九十九万〟

「三階層はゴーレムの階層なんですか？」

「そうで〜す。ゴーレムが多いんで〜す。わたしは苦手〜」

そういえば、凛は風魔法を使っていた。もしかしたらゴーレムには風魔法が効きにくいのかもしれない。

「それより修太朗さん、アクセス数がやばいです。完全に後藤隊の新記録をたたき出してます」

「そうなんですか？」

「そうなんです。いろいろとすごいんですけど、お手当もすごいことになりそうです」

「そうなんですか」

「そうなんです！」

普段《ふだん》物静かな印象の桜花さんのテンションが上がっている。

確かにアクセス数によってインセンティブがもらえるとは聞いてたけど、そんなにくれるのか？

もしかして日当で一万円とかもらえたりするのか？

いや、給与ももらってるし、ドロップの分配まであるのにそれはないか。

だけど桜花さんのこの感じそのくらいもらえててもおかしくないかも。

そんなにもらえても使い道もないけど、いつものレモン酎ハイを極《きわ》みプレミアムレモン酎ハイにしてみるくらいか。あれ、高いから特別な時しか飲んだことないけどうまいんだよな。

「あ……隊長200万いきました」

「それはすごいですね。まあでも修太朗さんですから」

湊隊長の「修太朗さんですから」もあいかわらず全く意味不明だ。

それに同接200万と俺は全く関係ないと思うけど。

もしかしたら、新人が入ったという物珍《ものめずら》しさで少しは貢献《こうけん》できているかもしれないけど、やっぱり後藤隊の人気はすごいんだな。

とにかく同接200万もあるならここで頑張らないと。

その場を後にし更に奥《おく》へと向かうとすぐに次のモンスターが現れた。

「え～っと、さっきのとはちょっと違いますよね」

「う～ん、ゴーレムはゴーレムだし修太朗には一緒みたいなもんだよ～」

「一緒みたいなものですか」

確かに姿かたちは、ストーンゴーレムによく似ている。

ただ一点違うのは、その表面が金属質に光を放っていることだ。

「修太朗さん、あれはブロンズゴーレムっす」

「え〜っとあれはどうしたら」

「修太朗さんの好きにしていいっす。煮《に》るなり焼くなり」

煮るなり焼くなり？

ただの言い回しかもしれないけど、ブロンズゴーレムは燃えるってことか？

もし燃えるなら『ファイア』で燃やすのが一番いいのか？

よし、やってみるか。

『ファイア』はあんまり使わない方がいいのかもしれないけど、ここは陸人《りくと》さんのアドバイスに従うのが正解だろう。

「この現世に住まう精霊よ、我が盟約に従いここにその力を示せ。原初の炎《ほのお》よ舞《ま》い踊《おど》れ！『ファイア』」

なんとなくストーンゴーレムよりも堅そうに見えるので『ファイア』にいつもより少しだけ魔力を込めて放つ。

蒼白《あおじろ》い炎がブロンズゴーレムを覆《おお》い、動きを阻《はば》む。

「ちょっと弱すぎたか」

炎でダメージが入っているのはわかるけど、消滅には至らない。

やはりゴーレムだけあって燃えにくいらしい。

「この現世に住まう精霊よ、我が盟約に従いここにその力を示せ。原初の炎よ舞い踊れ！

『ファイア』」

今度は先程《さきほど》より多めに魔力を込める。

こういう微調整《びちょうせい》が利《き》くのも北王地さんとの訓練のたまものだけど、相手によってどのくらいの魔力を込めないといけないのかの判断はこれからの経験だな。

より蒼味《あおみ》を増し大きくなった炎が再びブロンズゴーレムを包み込む。

「ガ、ガ、ガ、ガ」

ゴーレムが異音を立てながらその場にくずおれた。

どうやら今度はいけたみたいだ。

まあ、二発で倒せたし上出来だろう。

「修太朗さん、ゴーレムが、ブロンズゴーレムが燃え落ちたんですけど！」

「はい、陸人さんのアドバイスのおかげです。ありがとうございます」

「え？　アドバイス？　あ～もしかして煮るなり焼くなり？　まじっすか」

一度耐《た》えられてしまったしゴーレムが炎に弱いのかどうかはよくわからなかったけど結果的に燃え尽《も》《つ》きてしまったので倒し方としては間違ってなかった。

〝ブロンズゴーレムって燃えるの？？？〟
〝ブロンズゴーレムって銅でできてんの？　銅が燃え尽きるって何度あるんだ〟
〝もう何でも燃やせばいいんじゃない？〟
〝いや、モンスターの耐性《たいせい》を考えたら普通の銅溶《と》かす温度じゃ無理〟
〝わたしのハートも溶けちゃう〟
〝もしかして修太朗全属性これ⁉〟
〝炎帝《えんてぃ》追加で〟
〝『ファイア』って初級。普通上級魔法でもこうはならん〟
〝控えめに言って化け物〟
〝修太朗様最高。蒼《あお》い炎もステキ〟
〝同接２１５万〟

「修太朗〜今日も飲みにいこ〜よ。修太朗のおかげで来月のお給料たのしみ〜。お礼におごってあげる〜」
「はい、それは是非《ぜひ》。でもお金は自分で出しますから」

また俺を誘《さそ》ってくれるとは凛も本当に面倒見《めんどうみ》がよくていい人だな。

俺のおかげとか言ってるけど俺がやらなくても誰《だれ》かがやってたはずなので、それが凛のやさしさからくる発言だとわかる。

俺が凛くらいの時は自分の事で精一杯《せいいっぱい》だった気がする。

それなのにこんなオッサンにまで気を使ってくれる凛には尊敬しかない。

さすがは隊のアイドルだ。

その後も三階層のモンスターを倒しながら探索《たんさく》を続ける。

「修太朗さん、出ましたよ」

「わかりました。今度は氷でいってみます」

眼前に現れたブロンズゴーレムに向けて魔法を放つ。

「大気に宿る悠久の精霊よ、その零下の息吹を放て。我が求めに応えて、ここにその姿を現せ！　『アイスバレット』」

氷の弾丸がブロンズゴーレムを捉《とら》え、そのまま抉る。

「ガ、ガ、ギ、ギギ」

胸に大穴を開けたゴーレムが機械音のような断末魔《だんまつま》のさけびを上げ消滅する。

「どうでしょうか。結構うまくいったと思うんですけど」

「はい、修太朗さん。さすがですね」

「ありがとうございます」

やっぱり魔法って常識では測れないものなんだな。

普通なら氷で金属に穴が開くって発想がない。

固定観念に縛《しば》られず魔法を使うことが肝要《かんよう》なのかもしれない。

「た、隊長。あれ……」

「そうですね」

「氷でブロンズぶち抜きましたよ」

「そう見えましたね」

「いやいやいや、おかしいですって。氷ですよ。水から出来た氷でなんでブロンズ撃《う》ち抜けるんすか」

「修太朗さんですから」

「そんな、修太朗さんは世界の常識すら凌駕《りょうが》するんすか？」

「そうかもしれないですね」

「もしかして、風とか水でもいけちゃうんじゃ」

「修太朗さんならあるかもしれないですね」

「…………無茶苦茶《むちゃくちゃ》っす」


〝えええええ～氷でブロンズぶち抜いた〟

〝やばい。意味が分からん〟

〝氷の支配者〟

〝え？　氷ってそんなに硬いのか？〟

〝氷を超速《ちょうそく》で飛ばせば銅をも穿《うが》つ……のか？〟

〝いや、ないないない〟

〝修太朗属性相性《あいしょう》　完全無視〟


「修太朗さん、いい感じです。カメラ映え最高です」

「そうですかね」

　桜花さんはカメラ映えとか言ってくれるけど、俺がカメラ映えするとは思えない。まあ二体をスムーズに倒せたのがよかったのかな。

「修太朗～どんどんいくよ～」

「はい」

特に消耗《しょうもう》もないのでそのまま先へと急ぐ。

急ぐといっても、和《なご》やかな雰囲気《ふんいき》で会話を楽しみながら歩いているので、ちょっとした散歩といった感じだ。

危険なはずのダンジョンをこんな雰囲気でいけるとは後藤隊がいかに凄《すご》いかという事だろう。

本当に俺は恵《めぐ》まれてる。

優しい上司に先輩。

あれほど憧《あこが》れていた防衛機構は俺が思っていたよりずっと楽しい。

それは、きっとこの後藤隊に入ることが出来たからだ。

顔だけはどうしようもないけど、人生は何が起こるか本当にわからないものだ。

「はい、は～い。修太朗～。ゴーレムさんですよ～」

「あれ？　ブロンズゴーレムと少し色が違うっぽいですね」

「あれはね～アイアンゴーレムで～す」

たしかに鉄っぽい色をしている。

あれがアイアンゴーレムか。

見た目はブロンズゴーレムと色が違うくらいで大差ないようだ。

初見とはいえブロンズゴーレムとはもう戦ったし問題なさそうな気もする。

「修太朗さん」

「陸人さん、どうかしましたか」

「よかったら、今度は水か風系魔法で倒してみてくれませんか？」

「風か水ですか？　わかりました。やってみます」

なんとなく、水と風はアイアンゴーレムと相性が悪そうに思ってたけど、陸人さんが言うなら大丈夫《だいじょうぶ》なんだろう。

やっぱり、まだまだ固定観念に囚われてるな。

魔法は、固定観念に囚われずに自由にだ。

「じゃあ、水でいってみます。水面に住まう水精よ、僅かばかり我にその力を貸し、その羽のきらめきを示せ。我は願う全てを断《た》つ水の刃《やいば》を我の手に『ウォーターダガー』」

目の前に水の刃が現れる。ダガーという名前だけど使うのは初めてだし魔力を少し多めに込めたせいか結構長さがある。

水の刃に意識を向けるとアイアンゴーレムに向かって飛んで行き、そのまま断った。

おおっ、ズバッと両断する感じが結構かっこいいな。

両断されたゴーレムがズレて消え去った。

「ウォーターダガー⁉　ウォーターダガーでアイアンゴーレムが斬《き》れましたよ⁉」

「え？　陸人さんがそうしろって。何か不味《まず》かったですか？　もしかして風の方がよかったですか？」

「いやいやいや、そうなんですけど。いやなんにも悪くないんですけど。修太朗さん最強っす。間違いないっす。もう最強っす。言うことないっす。なんかわかんないけどウォーターダガー最高っす」

なぜか陸人さんのキャラがお酒を飲んだ時のようになってるけど、飲んでる様子はないし大丈夫だよな。

「修太朗さんですから」

相変わらず湊隊長のコメントはよくわからないけど、ここはいい意味で捉えておこう。


〝うわ、マジでやらかした〟

〝水でアイアンゴーレム斬っちゃった〟

〝いや、ウォーターカッターってダイヤも斬れるしウォーターダガーでもありえるのか〟

〝ありえるけど今までアイアンを水で斬ったやついたか？〟

〝もう、なんでもあり。修太朗はなんでもある〟

〃ほんとにダイヤ斬ってみてくれんかな。修太朗ならいける〃
〃水聖だ。それにしても使ってるの初級ばっかだけどまさか初級しか使えないのか〃

その後も隊のみんながいてくれたおかげで特に苦労することなく終えることが出来た。

一昨日と同じように事務所へと戻《もど》ってから報告書を書く。

反省会ではまたみんなが褒《ほ》めてくれた。

「終わりました」

「お疲《つか》れさまでした」

「お先に失礼します」

隊長ともなると仕事量が多いのか湊隊長はまだ帰れないみたいだ。

「それじゃあ修太朗いくよ～」

「はい、行きましょう」

どうやら今日は陸人さん達《たち》も用があるのか凛と二人だけらしい。

凛の行きつけという、職場の近くのおしゃれな居酒屋へ行くことになったけど、今どきの居酒屋さんのおしゃれ度にびっくりだ。

俺の知ってる居酒屋とは明らかに違う。

客層も異なっているようで、オッサンがほとんどいない。

「修太朗～、何飲む～わたしはカシスオレンジで～」

「それじゃあレモン酎《ちゅう》ハイで」

「修太朗レモン酎ハイすきなの～？」

「はい、お酒は好きなんですけどそんなに強い方じゃないんですよ」

「そうなの～意外。家でもウィスキーのロックとか飲んでそう」

「あ～無理ですね。そんなの家に帰れなくなっちゃいますよ」

「じゃあ、飲んでみる？」

「聞いてましたか？　帰れなくなりますよ」

「だいじょ～ぶだいじょ～ぶ、帰れなくなったらわたしが介抱《かいほう》してあげるから～」

なんていい子なんだろう。

不純な考えだけど、こんな子に介抱される男ってうらやましい限りだ。

俺が学生のころ飲み過ぎたときは目が覚めたらだれもいなくなっていた。

寒空に誰の介抱もなく今考えても背筋が凍《こお》るような思い出だ。

「かんぱ～い」

凛と一緒《いっしょ》に飲むお酒は本当に楽しく料理も三割増しでおいしく感じる。

家での一杯《いっぱい》もいいけど、こうやって優《やさ》しい先輩《せんぱい》と飲むのは格別だ。

さっき、背すじが凍るような思い出に浸《ひた》ったばかりなのにお酒がすすんでしまうのは仕方のないことだろう。

「おかわり～」

「ちょっと飲み過ぎてないですか？」

「だいじょ～ぶ、だいじょ～ぶ」

なぜか、俺から連想して飲みたくなったそうで、凛がウィスキーのロックをどんどん空けていく。

これでもう五杯目《はい》だろうか。

凛がお酒に強いのはわかってるけど、すだち酒より濃《こ》いしさすがに飲み過ぎなんじゃないだろうか。

「しゅうたろ～、一緒に猫飼《ねこ》おうよ～。凛太郎《りんたろう》とかよくない～？　花岡凛太朗～」

花岡凛太朗？　猫の名前か？　なんで花岡？

「犬はきら～い。犬こわすぎ～」

「なんで怖《こわ》いんですか？　なにかあったりしたんですか？」

「ありました～。でも、まだないしょ～」

「ないしょですか？」

「そう。ないしょ～。ほら、凜太朗ももっと飲んで～」

凜、俺は修太朗。凜太郎じゃないです。

これは、結構酔《よ》ってるんじゃないだろうか。

それからも凜のペースは変わらず、ついに十杯目となってしまった。

「凜、さすがに飲みすぎですよ。そろそろ終わりにしましょう」

「え～もう一杯《いっぱい》頼《たの》んじゃった～。もったいな～い」

いつの間に頼《たの》んだんだ？　それにしてもさすがに飲み過ぎてる気がする。

「もう、控えた方がいいですよ」

「え～このＳＤＧＳの時代にもったいな～い。そうだ～わたしの代わりにりんたろ～が飲んで～」

「俺ですか？」

「そう、お酒もったいないでしょ～」

凜と話してるうちにテーブルには十一杯目のウィスキーのロックが運ばれてきてしまった。

凜はこれ以上飲むと危険な感じもするし、俺が飲むしかないか。

ウィスキーなんかいつ以来だろうか。

少なくともこの十年飲んだ記憶《きおく》はない。

ウィスキーのグラスを手に取って口へと運ぶ。

うっ、きつい。のどが焼ける。

これはちびちび飲んだら無理だ。

覚悟《かくご》を決めて一気にあおる。

「ガハッ、ごほっ、ごほっ」

「りんたろ～大丈夫？」

「大丈夫です。それじゃあ、もう帰りましょうか」

「うん、わかった～」

お会計を済ませて、外に出るまではよかった。

外に出た瞬間《しゅんかん》一気に来た。

そもそも、ほろ酔いだったところにウィスキーを一気にあおり歩いたせいで回る。

アルコールと一緒に視界が回る。

俺のアルコール分解酵素《こうそ》が全く役目を果たす気配はない。

「りんたろ～？」

やばい。凛を送らないと。せめてタクシーを拾わなきゃ。
かなり酔ってる凛を一人にするわけにはいかない。
だけど、回る。
視界は回るのに、頭が上手《うま》く回ってくれない。
足がふらふらする。
ダメだ。完全に酔ってしまった。
ぼ～っとする。
あれ？　誰かが支えてくれてる？
ああ、凛か。
ふわふあする。
「りん……どこ……タ…………ね」
凛が何かしゃべりかけてくれてるけどよく聞こえない。
とにかく、凛をタクシーに……。

§

「リリィン～リリィンリリィン～リリィン」
こんな時間に誰だろう？
うう～ん。頭が痛いし身体が重い。
電話の音に重い瞼《まぶた》をどうにか開ける。
あれ？
なんだろうこの違和感《いわかん》。
なんか違う。
布団《ふとん》が俺がいつも使ってる布団じゃない。
ベッドもいつものベッドとは違う。
天井《てんじょう》も……違う。
ここ、どこだ？
え～っと、本当にどこだ？
ぼ～っとして頭が回らない。
「うぅ～ん、りんたりょ～、もうだめ～」
俺の横から、寝言《ねごと》のような声が聞こえてきて眠気《ねむけ》が吹《ふ》き飛び一気に意識が覚醒《かくせい》した。
まさか……。

おそるおそる声のした方へと顔を向ける。
「凛⁉」
いや、寝言が聞こえた時点でその可能性しかなかったのかもしれない。
だけど、目の前の光景に思考が完全に停止してしまった。
なぜか俺の隣《となり》に凛がいる。
いるというか、寝《ね》ている。
なんで……。
目が覚めて女の子が横で寝ていたことなんかこの四十年一度もなかった。
いや、厳密にいうと女の子ではないけど母親が横で寝てくれていたことはある。
だけど、これは全くそれとは違《ちが》う。
そもそも、ここはどこだ？
俺の部屋でないことは間違《まちが》いない。
広くてきれいな部屋だけど、ホテルって感じでもない。
それに、俺は昨日凛と一緒に居酒屋に行って……。
お店を出てタクシーを探そうとしてたはずだけど。
そのあとの記憶が無い。

そして今の状況《じょうきょう》。
理解はできないけど、大変なことをしてしまったのはわかる。
やってしまった。
なにも憶《おぼ》えてないけど、凛が同じベッドに寝ている。
そんな非現実的な状況が、俺を現実へと引き戻す。
どう考えても俺がやらかしている。
社会的に終わった……。
俺は若い女の子相手になんてことをしてしまったんだ。
よりによって、職場の先輩でアイドルな凛を……。
「りんたろ～、もうむりだよ～」
全身から変な汗《あせ》が噴《ふ》き出してくる。
もう無理ってなにが？
いったい俺は何をやったんだ？
それに俺の恰好《かっこう》。
着ていたはずの服はなく、下着だけになっている。
そして、布団《ふとん》越しに見える凛の肩《かた》は肌《はだ》が見えている。

うん、これはあれか。

この状況、経験したことがないので全く理解が追い付かないけど、四十年も生きていればわかる。

謝《あやま》って許されるはずもないけど、謝るしかない。

いや、そういう問題じゃない。

警察か。警察に行った方がいいか。

自首した方がいいのか。

だけど記憶が無いから何も話す事がない。

「うぅ～ん、りんたろ～起きたの～？」

「え、あ、はい」

凛が眠《ねむ》そうに目を開いた。

俺《おれ》はベッドの上で即座《そくざ》に土下座した。

人生初土下座がこんなシチュエーションだとは想像もできなかったけど身体が勝手に反応してしまった。

「え～っと、りんたろ～どうしたのかな～」

どうしたもこうしたもない。

「誠《まこと》に申し訳ありませんでした」

「う～ん、なにが～？」

「この花岡修太朗、どんな咎《とが》めでも受ける所存です」

「とがめ？　りんたろ～なんで土下座なんかしてるの～？」

「それは、もちろん凛さんにとんでもないことを」

「とんでもないこと～？　あ～もしかして～。りんたろ～昨日は強引《ごういん》だったから～」

強引……。

その言葉に一気に全身の血の気が引く。

「申し訳ありませんでした～」

「脱《ぬ》がすの大変だったんだから～」

脱がすの？　俺が脱がしたのか？　あああっ。

「煮るなり焼くなり警察に突《つ》き出すなりしてください」

「りんたろ～そんなことするわけないでしょ～。昨日は飲みすぎちゃったね～。ウィスキーなんか飲ませてごめんね～」

「いえ、悪いのはすべて俺です。年甲斐《としがい》もなく申し訳ありませんでした」

「りんたろ～っておもしろいね。大丈夫、大丈夫。問題な～し」

問題な～しって問題しかないと思われるんだけど。

「あ～お風呂《ふろ》にも入らず寝ちゃったね～。良かったらりんたろ～も軽くなにか食べない？」

「今何時ですか？」

「今四時半かな～。ちょっと早いけどわたしが作ってあげるよ～」

凛が俺にご飯を作ってくれる？

これってどういう状況？

服を脱がせてお風呂に入らず今は朝の四時。

なぜか凛は怒《おこ》ってないし、朝食を作ってくれる？

全く分からない。

「怒ってないんですか？」

「怒る？　なんで～？　わたしがりんたろ～に怒るわけないでしょ～」

怒ってない……のか？

俺やらかしたんじゃないのか？

やばい。二日酔《ふつかよ》いも手伝って頭の中を？？？がぐるぐる回る。

「りんたろ～それより服着た方がいいかも」

「あ、はい」

四十のオッサンが下着姿でベッドに正座。

これほどシュールな図も無いかもしれないけど、起き上がった凛さんの恰好も薄着《うすぎ》すぎませんか。

先程死ぬほど反省したばかりというのに目が釘付《くぎづ》けになってしまう。

凛のその姿は刺激《しげき》が強すぎて俺の中のすべてが停止してしまった。

「りんたろ〜できたよ〜」

はっ！

再び意識を取り戻すと目の前に凛の姿はなかった。

急いで服を着て声の方へ向かうと、そこには朝食らしき食事が二人分と凛が座《すわ》っていた。

「失礼します」

「どうぞめしあがれ〜」

凛に促《うなが》されるまま食事を口にするが、手作りの味が染《し》みる。

「ところで、ここは……」

「ここは、わたしのおうちで〜す」

「凛の……え〜っと家族の方は」

「一人暮らしで〜す」

うん、完全にアウトだ。

ひとり暮らしの若い女性の家に酔って上がり込《こ》んで、なぜかそのまま美味《おい》しい朝食をいただいて。

「凛さん、昨日の記憶があまりないのですが俺はどうしてここに」

「それはね～りんたろ～が自分で帰れそうになかったから、ここに連れてきてあげたの～」

ああ……。

何で凛はこんなにライトな感じなんだ。

さっきの恰好といい、一人暮らしの若い女性が無防備すぎる。

「申し訳ありませんでした」

「ぜんぜんいいよ～。いつでもきてくれていいから～。結婚《けっこん》したらずっといてもいいよ～」

うん……。これはジェネレーションギャップからくるものなのだろうか。凛に返す言葉が思いつかない。

「…………」

「なんたって、りんたろ～はわたしのヒーローだし」

酔いつぶれた俺がヒーロー？　しかもりんたろ～って誰だ？　俺、修太朗だけど。もしかして誰かと勘違《かんちが》いしてる？　いや、さすがにそんなことはあり得ないな。

「リリィン～リリィンリリィン～リリィン」

あ、そういえばスマホの音で目が覚めたんだった。

こんな早朝にいったいだれだ？

「はい、もしもし……」

通話に出るとそれは防衛機構からだった。

ダンジョンでイレギュラーのモンスターが出てきてしまったらしく近くにいそうな職員に呼び出しをかけたらしい。

「はい、わかりました」

通話を終え凛に事情を説明する。

「え～せっかくりんたろ～といっしょにごはんだったのに～」

「こういうことってよくあるんですか？」

「あんまりないかな～。今までに四回だけ呼ばれたことあるけどこんな早朝は初めて～」

「そうなんですね。じゃあ、本当に緊急《きんきゅう》なのかもしれないですね。俺、まだお酒が残ってる感じなんですけど大丈夫かな」

「他の職員もいるだろうし大丈夫でしょ～。せっかくだからわたしも一緒に行ってあげる～」

色々ありすぎて混乱状態と言っても過言ではないけど、仕事は仕事だ。どうやら警察に出頭する感じでもないし今は自分の役目を果たさないといけない。

二人で急いで準備を済ませ防衛機構へと出勤する。

足がふらつくほどではないけど、結構残ってるかも。

二日酔いが酷《ひど》い。

休日出勤があるなら、これからは深酒は控《ひか》えた方がいいな。

いや、休日出勤が無くても控えた方がいいな。

防衛機構へと着くと、既《すで》に何人かの職員が集まっていた。

話を聞くと、この時刻なので実働部隊は、ほとんど事務所には残っておらず管理部からすぐに集まれそうな隊員へと連絡《れんらく》があったとのことだ。

本来俺は近くの寮《りょう》にいるはずだから呼び出し対象になったんだな。

ただ、時間も時間なので繋《つな》がった隊員はそう多くはないようだ。

イレギュラーの影響《えいきょう》で地上への氾濫《はんらん》が起きないよう早急《さっきゅう》に対応が必要とのことだった。

急いで装備を整えなおす。

「りんたろ～さっさとおわっちゃお～」

俺は初めての事で勝手がわからないけど凛はかなり落ち着いているようだし大丈夫なん

だろう。

既に先発隊はダンジョンに入っているとのことでその場にいた隊員たちとダンジョンへと急ぐ。

「りんたろ〜、ちょっとまって〜」

凛が苦しそうにしているけど、実は俺もかなり苦しい。昨日あれだけお酒を飲んでいたんだ。全力で走って苦しくないはずはない。

この緊迫《きんぱく》感が無ければ吐《は》いていてもおかしくはない。

何とか遅《おく》れることなくダンジョンへと到着《とうちゃく》したが、入り口周辺はいつもと変わりなさそうだ。

地上へモンスターが溢《あふ》れた形跡《けいせき》はないので、先発隊の人たちが押《お》しとどめてくれているのかもしれない。

隊員が一団となってダンジョンへと降りていく。

降りた先にはモンスターも先発隊も見当たらない。

もっと奥《おく》か？

そのままダンジョンの一階層を進んで行くが、特別変わった様子もない。

「よし、このまま二階層へと向かうぞ」

一団の先頭を歩いている隊員の掛《か》け声で二階層へと降りていく。

「この盾《たて》は、すべてを護《まも》る絶対の擁壁《ようへき》。あらゆる敵を弾き、我に光の加護を授《さず》けよ。我は拒絶《きよぜつ》し我は決意す。『マジックシールド』」

階段を降りはじめると、隊員達の魔法《まほう》の詠唱《えいしょう》とともにモンスターたちの声が聞こえてきた。

「各自援護《えんご》に入るぞ」

その声に即座に反応し、詠唱を開始する。

ここからでは敵が分からない以上これが正解だと思う。

「古今東西の英霊《えいれい》よ、気高き、その力、その魂《たましい》、その権能を我に示し、敵なるものを打ち倒《たお》す英知を授けたまえ『ギリスマティ』」

身体から金色の光が立ち上る。

「凛行こう」

「はいはい、休日出勤の恨《うら》みは晴らさないとね～」

二階層に着くとそこは戦場だった。

これまで潜《もぐ》ったことのある二階層とは明らかに異なる。

普通数匹《ふつうすうひき》でしか現れないはずのモンスターが溢れている。

しかも、二階層、三階層でも見たことのないモンスターも混じっている。

それを十五名ほどの隊員が押しとどめていた。

よく見ると湊隊長もいる。

隊員に対しモンスターの数が多い。

駆《か》け付けた後発隊を含《ふく》めても数は圧倒的《あっとうてき》に押されている。

とにかく今は自分のできることをするしかない。

先発隊の横を抜《ぬ》け、モンスターへと迫《せま》り剣《けん》を振《ふ》るい斬って落とす。

やはりこの剣はすごい。

見たことのないモンスターなのでおそらくは四階層より下層のモンスターだとは思うけどあっさりと断ち切れた。

まだ、お酒が抜けたわけではないので、力加減が微妙《びみょう》な気はするけど今は数を減らすことが先だ。

迫ってくるモンスターから順番に斬っていく。

〝おわあっ、なんかすごいのきた〟

〝一人すごいペースでモンスター斬ってるやつがいる〟

〝なにあれ〟

〝救世主〟

〝あれは⁉　まさか修太朗様〟

〝修太朗？　有名人か？〟

〝奇跡《きせき》の大型新人〟

〝戦況《せんきょう》が変わっていく。戦神〟


俺はモンスターへと集中していたので全く気が付かなかったけど、先遣隊《せんけんたい》にカメラを身に付けた隊員がいたらしい。

一息つくとこちらにカメラのレンズが向いていた。

こんな時まで撮《と》るのかとも思ったけど、これも仕事だし、歩合《ぶあい》もつくのかもしれない。

「ふっ、はっ」

魔法の効果で驚《おどろ》くほど身体は軽い。ただ二日酔いのせいか息が上がる。

正直二日酔いの状態でモンスターと戦うものではない。


〝剣神降臨〟

〝ベテランエースか〟

〝ああ見えてデビューしたてのド新人〟

〝あんな新人おるはずないやろ。どう見てもオッサンやん〟

〝いや完全にイケオジ〟

〝なんか金色の妖気《ようき》が立ち上ってるんだけど〟

〝せめて闘気だろ。妖気は草〟

〝きゃ～修様～〟


「はぁ、はぁ、はぁ」

結構斬って消滅《しょうめつ》させたつもりだけど、まだ数が減った感は薄《うす》い。

倒《たお》したそばから奥からやってきたモンスターがこちらへと殺到《さっとう》してくる。

のどが渇《かわ》く。

モンスターは順調に倒すことが出来ている。一匹《ぴき》倒すことにはそれほどの労力は使っていない。ただ問題は俺の体力だ。既に結構キツイ。

今までの運動不足がたたってる。

『ギリスマティ』により体力も強化されてはいるはずだけど、他のステータスの上昇《じょうしょう》に追いついてない感じか。

それにお酒が抜けきってないのもつらい。

このままじゃ埒《らち》があかない。

いったん体力を回復するためにも魔法による攻撃《こうげき》に切り替《か》えた方がいいな。

目の前のモンスターを斬り飛ばしてから後方へと下がり、詠唱を始める。

「天空より降りたる剣、大地を切り裂《さ》く。生きとし生けるものを裂き、ここに神の怒《いか》りを示せ『ライトニングストライク』」

この数のモンスターだ、今は素早《すばや》く、数を相手に出来る魔法を選択《せんたく》する。

といっても自分で使用したことは無く、あくまでも生徒が練習で使っているのを見ただけだけど。

俺の放った魔法は、しっかりと発動しダンジョンの天井から、雷《かみなり》が幾重《いくえ》にも分かれモンスターたちへと降りそそいだ。

枝分かれした雷がモンスターを捉《とら》える度《たび》、その場からは煙《けむり》が立ち上っている。

おおっ上手くいった。

初めての雷系の魔法だけど、威力《いりょく》も効果範囲《はんい》も十分いけてる。

このまま連発しているうちに体力も回復するはずだ。

「天空より降りたる剣、大地を切り裂く。生きとし生けるものを裂き、ここに神の怒りを示せ『ライトニングストライク』」


「すまん、魔力《まりょく》が尽《つ》きる。離脱《りだつ》する」

「ああ。それにしてもあれはなんだ？」

「わからん」

「なんであんなに連発できるんだ」

「わからん」


それにしても魔法って本当にすごいな。

複数のモンスターを一撃《いちげき》ってさすがは雷。

その場から動かなくていいし二日酔いの時は剣より魔法の方がいいのかもしれない。


〝これって上級？　だけど『ライトニングストライク』って聞こえたような〟

〝初級⁉　そんなあほな〟

〝雷スゲ～。ピカピカドンドン〟

〝雷神《らいじん》〟

〝初級の威力じゃない。しかも初級とはいえあんな連発できるの？〟

〝いや、何人か離脱し始めてるしあれオカシイ〟

〝修太朗サマ〜〟

〝修太朗ってだれだよ。もしかして魔王《まおう》⁉〟


「りんたろ〜、あれ」

後ろから凛の声が聞こえてきたので指さす方向を確認《かくにん》すると、奥にいるモンスターの群れの周囲が雪の結晶《けっしょう》のようにキラキラと蒼《あお》く光っているのが見える。

これって、まさか試験の時と同じ。

魔素《まそ》が急激に高まったときに起こる現象？

あの時はトラモンが出た。

じゃあ、今回もイレギュラーなモンスターが現れるのか？

警戒《けいかい》感ＭＡＸでモンスターの群れを注視する。

よく見ると奥に一際《ひときわ》目を引くモンスターがいる。

明らかに周囲のゴブリンよりも大きい。

「凛、あれは？」

「たぶんゴブリンロードかゴブリンキング」

「へ〜っ、ロードかキングですか」

ゴブリンのロードにキングか。いずれにしてもゴブリンの上位種ってことか。確かに普通《ふつう》のゴブリンでは考えられないほど大きいし強そうにはみえる。

キングというくらいだから強さもそれに比例しているのかもしれない。

トラモンより強そうには見える。

俺の素人目《しろうとめ》にはなんとなくボス感があるし、ヤバい気はする。

だけど俺の自己判断はよくない。

そのことは後藤小隊に入隊してから思い知らされた。


「りんたろ〜、にげ……」

雷撃《らいげき》と周りの戦闘《せんとう》で凛の声がよく聞こえない。

「え、なんですか？」

「にげ……」

え？　逃《に》がすな？

良く聞こえないけど、あのゴブリンを逃がすなって事だよな。

「はやく、に……」

はやく？

聞き取り辛いけど、意図は伝わってきた。

逃がすな、そしてはやく。

つまり凛は俺にあのゴブリンのボスっぽい奴《やつ》を早く倒せって言ってるんだな。

「大丈夫《だいじょうぶ》です。まかせてください」

危ないところだった。

また勝手に自己判断してやらかすところだった。

イレギュラーだしロードとかキングの名前に勝手に脅威《きょうい》を感じてしまっていたけど、先輩の凛が俺に早く倒せって言うってことは、見掛《みか》け倒《だお》しでそこまでのモンスターじゃないってことだ。


〝おい～あの奥のゴブリンキングなんじゃ〟

〝ゴブリンキング⁉〟

〝ロードの間違いじゃ？〟

〝ロードにしては風格が〟

〝王の風格〟

〝やばくない？　防衛機構の隊員消耗《しょうもう》してきてるし、そもそもこの数で勝てるのか〟

〝十層でもロードが出るの稀《まれ》。キングなんかもっと奥じゃないとお目にかかることない。なんで二層に〟

〝あれが原因なんじゃ〟

〝浅層でのイレギュラーエンカウント〟

〝珍《めずら》しいことじゃないけどよりによって王種か〟

「まずいですね。ここでゴブリンキングですか。あれは……修太朗さん？」

魔法を放ってるうちに休めたので大分息が整ってきた。

あの大きいのは後ろのほうだし凛の言ってたように逃げられるとよくない。

凛も、俺で大丈夫だってお墨付《すみつ》きをくれたし、ここは一気に行った方がいいところだよな。

「ふ～っ、いきますか」

放出系の魔法でもいけそうな気もするけど結構距離《きょり》もあるし確実にしとめるには剣の方がいいよな。

「古今東西の英霊よ、気高き、その力、その魂、その権能を我に示し、敵なるものを打ち倒す英知を授けたまえ『ギリスマティ』」

今日二回目の身体強化だけど、代謝が上がって血行が良くなるのか幾分《いくぶん》残っていたお酒が再び来てる気もする。

ある意味、かるい酔拳《すいけん》状態だけど身体の切れに反して頭はぼ～っとしてくるので、二日酔い時にあまり多用するもんじゃないな。

ちょっと強そうなゴブリンを前に気合が入って魔力をちょっと多めに練《ね》り込んでしまったかもしれない。

そのせいかさっきより発光の輝度《きど》が高い気もする。

こんなに光ってたら目立って的になりそうで怖《こわ》いな。

「りんたろ～⁉」

〝オーラが立ち上ってる〟

〝なんだよあれ。違うマンガじゃないの〟

〝魔法っていうより気だろ気〟

〝気は漫画《まんが》以外じゃ見えない〟

〝アニメでも見える〟


的にされる前に倒さなきゃいけない。

足に力を込め前方へ駆ける。

身体強化には、結構慣れたつもりだったけど、妙《みょう》に速く感じてしまう。

ぼ～っとするのに身体は素早く動き、剣もさっきより軽く感じる。

不思議な感覚。

これが酔剣か。

いや、そんなこと考えてる場合じゃない。

やっぱり俺まだ酔《よ》ってるな。

モンスターとの戦闘中なのにくだらないダジャレを思いつくなんて。

その影響かモンスターの動きが止まったようにゆっくりと流れていく。

目の前の隙《すき》だらけのモンスターに向け剣を振るい斬《き》り伏《ふ》せ、ゴブリンロードかキングという上位種へと迫る。

近づくとわかるが、普通のゴブリン何匹《なんびき》分？　というくらいに大きい。

ただその風貌《ふうぼう》はゴブリン種であることが一目でわかる。

ゴブリンがいくら大きくなっても所詮《しょせん》は大きいだけのゴブリンということだな。

「ガアアアアアアアア～」

ゴブリンの上位種は俺に気が付いたようで威嚇《いかく》するように咆哮《ほうこう》を上げる。

大気が震えるかのように錯覚《さっかく》するほどの大声だけど、所詮はゴブリン。そんな虚仮《こけ》おどし怖くはない。


〝まずいまずいまずい。キングの咆哮〟

〝何人か動きが止まった〟

〝強烈《きょうれつ》。いや、あのスーパー修太朗動けてる〟

〝あの距離でキングの咆哮浴びてなぜ動ける〟

〝それは修太朗だから〟

〝イケオジ最強〟

〝修様～〟

〝太郎《たろう》～〟

〝名前変わってね？〟


「くっ、戦えない奴は下がれ！　下がれ～！」

いける。あの大ゴブリンが吠《ほ》えているせいで周りの音は良く聞こえないけど隙だらけだ。

このまま踏《ふ》み込んで正面から斬りつける。

「ギィアアッ」

あれ、しとめられなかった。

一撃で倒すには大きすぎたか。

いつもはサクッと入る剣の刃《やいば》が、鈍《にぶ》い抵抗《ていこう》感を覚え切断まで至らなかった。

大ゴブリンがこちらへ向けて反撃《はんげき》してくる。

確かに普通のゴブリンよりも速い気もするけど酔剣中の俺には止まって見える。

振りかぶり殴《なぐ》りつけてこようとする腕《うで》を避《さ》けながら斬り落とす。

「ガギャッ」

今度はいけたけどやっぱり堅《かた》いな。

〝え⁉　どういう事？〟

〝ゴブリンキングを子ども扱《あつか》い⁉〟

〝標準装備でキング倒せるの？〟

〝動きが速すぎてスマホじゃわからん〟

〝タブでもわからん〟

〝ＰＣでもみえん〟

〝気づいたら腕が飛んでた〟


「ギガアアアアアアアアア～」

大ゴブリンが再び吠え、狂《くる》ったようにラッシュをかけてきた。

でかいので圧はあるけど、当たらなければ問題ない。

そのでかさのせいで動きは鈍いし、片腕《かたうで》じゃそれほど怖さはない。


〝やべえ、やべえ、やべえ。咆哮からのゴブリンキングのラッシュ〟

〝はえぇっ、キングの本気。にげろ～修太朗〟

〝修太朗死なないで～〟

〝これは無理。オワタ〟

〝いやいやいや、修太朗避けてる〟

〝イケオジ回避《かいひ》もすげえええええ〟

〝人間……なのか？〟

〝それが修太朗〟

〝魔王の嫁《よめ》にして〟


「ガアアアアアアアアアアアア～！」

大ゴブリンが三度目の咆哮をあげると、全身の筋肉が隆起《りゅうき》し、一回り大きくなった気がする。

咆哮を終えると同時に殴りかかってくる。

なんとなく風切り音が増し、スピードも上がった気はする。

ただ、それだけだ。

よく見ていれば十分躱《かわ》せるし、当たらなければいいだけなのでそれほど危険は感じない。

むしろ、腕からの出血は増えているようにも見える。

大きくなって血流がアップした上に、こちらにラッシュをかけてきたせいで腕からの出血量が増えたのかもしれない。

〝イケオジすげえけどゴブリンキングとまらねえ〟

〝これ、ゴブリンキングが止まらなきゃ勝ち筋なくね？〟

〝修様〜！〟

〝スピード全然落ちん。王種桁《けた》が違《ちが》う〟

〝片腕なくてもこれか〟

〝怖すぎる〟


血を流しているからか大ゴブリンの動きが徐々《じょじょ》に遅《おそ》くなってきた。

もういつでも倒せそうだな。

これ以上時間をかけてもまずいし、そろそろ終わりにするか。

隙だらけの大ゴブリンを袈裟懸《けさが》けに斬りつける。

「ボギン」

鈍い抵抗とともに皮膚《ひふ》を断《た》ち鎖骨《さこつ》部分に当たった瞬間剣《しゅんかんけん》が根元から折れてしまった。

「あああああ〜！」

支給品の剣が折れてしまった。

やってしまった。名刀と思《おぼ》しき切れ味を見せていた剣が折れてしまった。

完全に俺《おれ》のせいだ。

俺の技量不足。

それに尽きる。

「りんたろ～～～！」

「修太朗さん！」


〝やべえ、剣が折れた〟

〝標準装備じゃ無理だった〟

〝良く標準装備でここまで〟

〝おわた〟

〝終了《しゅうりょう》のお知らせ〟

〝さらば修太朗〟


とにかく手持ちの武器が無くなってしまった以上魔法で倒すしかない。

大ゴブリンの動きは見えてるし問題ないな。

周りに迷惑《めいわく》かけないようにしとめるには氷かな。

「大気に宿る悠久《ゆうきゆう》の精霊《せいれい》よ、その零下《れいか》の息吹《いぶき》を放て。我《わ》が求めに応えて、ここにその姿を現せ！『アイスバレット』」

剣が折れたとはいえ、かなりのダメージを与《あた》えたのは間違《まちが》いなく、さらに動きの鈍った大ゴブリンの反撃をかわしながら超至近距離《ちようしきんきより》から氷の弾丸《だんがん》を放つ。

さすがに動きながらの上、酷い二日酔い状態での詠唱は魔力の制御《せいぎよ》まで意識を割《さ》くことが難しく、発動した弾丸は学校で的を壊《こわ》してしまったそれと同等程度まで大きくなってしまっていた。

「ボンッ」

巨大化《きよだいか》してしまった氷の弾丸が大ゴブリンの頭に触《ふ》れると、破裂音《はれつおん》とともに大ゴブリンの頭がはじけた。

「なっ！」

「あっ⁉」

「うそっ」

うん問題なく倒すことが出来た。

周りから声が上がったのが聞こえる。

もしかしてだけど『アイスバレット』が大きくなりすぎて悪目立ちしてしまったかもしれない。

それよりも、やり過ぎて俺が弾けなくてよかった。


〝あ〟

〝は〟

〝お〟

〝え〟

〝えええええええええええええええええ〟

〝たおした？　たおしたよね〟

〝なんか氷の爆弾《ばくだん》がさく裂《れつ》したように見えた〟

〝キングの頭が……〟

〝超級魔法《ちょうきゅうまほう》？〟

〝初級。間違いなく初級魔法『アイスバレット』だけど威力は超級《ちょうきゅう》〟

〝ごめん。頭が悪いのか理解できない〟

〝ゴブリンキングをワンパン〟
〝おおおおお～！〟
〝すげえ、すげえ、すげえよ修太朗。いや修太朗さん〟
〝もう好きにして〟
〝うおおおお。俺は歴史の目撃者《もくげきしゃ》に！〟
〝これはＣＧ⁉　いやＣＧを超《こ》える現実〟
〝同接５００万超えてる。統合チャンネルでもこの数字はやべえ〟
〝５００万人が勇者修太朗誕生の目撃者〟
〝あれ？　魔王修太朗じゃなかったか〟
〝勇者で、魔王で、イケオジでとにかく最強！〟

しぶとく動いていた大ゴブリンも頭をなくして動くことはなくそのまま消滅した。
大ゴブリンは倒したけど、まだそれだけだ。
たかが大ゴブリン一匹倒したからって戦況が変わるわけもない。
俺はすぐに周囲のモンスターへと意識を移す。
理由はわからないけどモンスターたちの動きが鈍り、浮足立《うきあしだ》っているようにも見える。

そのすきを突《つ》くように隊員たちが攻撃をかけ盛り返していく。

俺もみんなに置いて行かれないよう、魔法を連発してモンスターを倒して回る。

さっきは魔力を込《こ》めすぎたので意識して魔力量を抑《おさ》えて放つ。

やっぱり剣とは違い、自分のペースで放てる魔法は戦闘が楽だ。

おかげで大ゴブリンとの戦いで使った体力も結構戻《もど》ってきた。

運動不足気味の俺に剣での戦いが向いてるかと言われればかなり微妙だ。

今後の為《ため》にもどこかで剣の使い方も習った方がいいんだろう。

スニーカーを買ったにもかかわらずまだジョギングには行けてないし、健康のためにも体力をつけるためにも早く始めた方がいいな。

それからしばらく戦闘を続けると、ようやくその場のモンスターを一掃《いっそう》することに成功した。

「りんたろ〜！」

「凛」

よほど俺の戦い方が危なっかしかったのか凛は俺へと飛びついてきた。

「りんたろ〜心配したよ〜。えぇ〜ん」

え⁉　本当に泣いてる？

「死んじゃうかと思った～えええ～ん」

そんなに心配してくれてたのか。

ぼ～っとしていた頭が一気に冷えて覚醒《かくせい》した。

この中じゃ俺が一番新人だろうし、やむを得ない部分もあったとは思うけど女性を泣かせるほど心配させるとは。

これは、もっとうまく戦えるようにならないとまずい。

反省だ。

いや、それよりもやらかした俺の事を涙《なみだ》を流すほど心配してくれた凛には感謝しかない。

一瞬《いっしゅん》、聖女なのではと錯覚しそうになるけど、ここは現実世界。そんなはずはない。

いや、もしかして聖女ってジョブもあったりするのか？

いずれにせよ、これほど心配してくれてる先輩《せんぱい》に巡《めぐ》り会《あ》えたことに感謝しかないけど、そんなに密着されると朝方見てしまった凛の姿が頭を過ってしまう。

俺は、なんて情けない男なんだ。

こんな時に、そんな邪《よこしま》な考えが頭を過るとは。

俺は、必死に雑念を払《はら》い凛に応える。

「心配おかけしましたが俺はこの通り傷一つないですから。安心してください」

「ほんと心配したよ〜まさか一人でゴブリンキングに突っ込んでいくとは思わなかったし〜」

「いや、だって凛が逃がすなって」

「そんなの言うわけないでしょ〜」

え⁉　どういうこと？

もしかして俺の聞き間違い？

戦いの最中だったし仕方がない部分もあったと思うけど、凛はあの時なんて言ってたんだろう。

たしかに逃がすなっぽい声が聞こえた気がしたけど。

もしかして耳まで老化か⁉

そうなら結構ショックだ。

「修太朗さん、お疲《つか》れ様《さま》です」

「あ、湊隊長」

「この度は大活躍《だいかつやく》でしたね」

「ありがとうございます。初めての事だったんで必死でした」

「それにしてはゴブリンキング相手に余裕《よゆう》があった気がするけど」

「まあ、あれは大きいだけのゴブリンでしたからそこまででも」

「大きいだけのゴブリンですか」

「はい、ゴブリンはゴブリンですから」

「修太朗さん……」

え～っと、湊隊長のこの反応はどういう反応だ？

「あっ、すいません。俺支給された剣折っちゃいました。弁償《べんしょう》とかした方がいいですかね」

「ああ、大丈夫ですよ。あくまでただの支給品ですから」

あれだけの剣だ。本当はかなりの業物《わざもの》だろうけど、新人の俺のためにただの支給品ということで済ませてくれようとしてるんだろう。

湊隊長も本当に優《やさ》しい人だな。

再度確認《かくにん》してみたけど、本当に弁償しなくていいらしい。

値段は怖くて聞くことは出来なかったけど、湊隊長が怒《おこ》られたりはないよな。

しばらく、その場に留《とど》まり追加のモンスターが湧《わ》いてこないか確認していたが、どうやら本当に収まったようだ。

「終わったようですね。それでは引き上げましょうか」

みんなでその場に残されたドロップを拾い集める。

なんと魔石の数は二十。

そして大ゴブリンからは錆《さ》びた剣がドロップしていた。

モンスターから魔石がドロップする事にも驚いたけど、アイテムまでドロップするとは本当にゲームか何かみたいで驚きだ。

ただ、残されたのは錆びた剣が一本。

まあ、大きいだけのゴブリンだったしそんなに多くは望めないか。

湊隊長が話をしてくれて、剣を折ってしまった俺がとりあえず使わせてもらうこととなった。

ただ、錆びた剣だし、支給されていた業物のような切れ味は望むべくもないかもしれない。

いずれにせよ、大事な剣を折ってしまった俺が悪い。

この剣って研《と》いだら錆《さび》が落ちるんだろうか。

明日からの探索《たんさく》が少し心配だけど、湊隊長たちもいる事だし、まあ心配はいらないか。

もうなにも無いのを確認して、全員で地上へと向かう。

「凛、ちょっと近くないですか?」

「全然近くないです~。死ぬところだったんですよ~」

「そんなことはなかったですよ」

「りんたろ〜は、昔から自己犠牲《ぎせい》が過ぎるんです〜」

昔から？

どういう意味だ？

よくわからないけど、心配からか凛がぴったりと横についてくれて、気恥《きは》ずかしい。

お母さんのような気持ちでいてくれてるのかもしれないけど、俺の方がお父さんでもおかしくないのに。

そのまま歩いていると、カメラを携《たずさ》えた隊員が俺へと声をかけてきた。

「え〜っと、新人さんですよね」

「はい、そうですが」

「よかったらインタビューいいですか？」

「インタビューですか？」

「はい、ゴブリンキングを退けた新人さんに是非《ぜひ》」

「わかりました」

桜花さんにも昨日インタビューを受けたばかりなのに、またインタビュー。

みんな俺のインタビューを見ても仕方がないと思うんだけど、頼《たの》まれれば仕事なので断るという選択肢《せんたくし》はない。

「え～っと、それでは所属とお名前からお願いします」

「はい、今月から後藤隊に入隊しました新人の花岡修太朗です」

「はい、今日はすごい活躍《かつやく》でしたが、お年をお伺《うかが》いしても大丈夫ですか」

「はい。四十歳《さい》になります」

「これだけ強くてこれまで防衛機構に所属されていなかったのは何か理由が？」

「いえ、魔《ま》法《ほう》を使えるようになったのが最近なので」

「そんなこともあるんですね。これまでに武道か何かをされてたんですか？」

「いえ、まったく。普通のサラリーマンでした」

「そうなんですか⁉　ゴブリンキングをはじめ、モンスターを倒《たお》す姿はまさに英雄《えいゆう》そのものに映りました」

「え、英雄ですか？　そんないいものじゃないですよ。たまたまです、たまたま。たまたま私が倒す事になっただけで、加減が分からず出しゃばってしまいました」

「ゴブリンキングはたまたまで倒せるようなものではないと思うのですが」

「そうなんですかね。なにぶん初めての事だったのでよくわからないです」

「ちなみに花岡さん、ご結婚《けっこん》は？」

WSDM
報道 PRES

「え……」

これって、防衛機構のメインチャンネルだよな。

日本はもちろん世界に向けて発信しているはず。

そんなチャンネルでこの質問か。

くっ……抉《えぐ》られる。

俺はダメージを隠《かく》し答える。

「いえ、独身です」

「え⁉　そうなんですか」

え〜っとこのリアクションは何でしょうか。

何で質問した人がそんなに驚《おどろ》いたようなリアクションを。

そんなに四十歳独身が珍しかったのか。いや珍しいのはわかってるんだけど。

それでも、そのリアクションは結構クル。

「それじゃあ、彼女《かのじょ》さんとかは」

「……いません」

世界に向けて俺のプライベートが……。

視聴者《しちょうしゃ》は俺に彼女がいてもいなくてもどうでもいいのはわかってるけど辛い。

「え～～っ、そうなんですか!?」

この驚きよう。

まるで世界の珍獣《ちんじゅう》を前にしたかのような驚き方だ。

「わたしも独身なんですけど、どうでしょうか？」

「え～っと、どうでしょうかとは？」

「彼女としてはどうでしょうか？」

「それは、大変すばらしいと思います？」

「本当ですか？」

いや、これはいったい何のインタビューなんだ？

インタビューへどうこたえるのが正解なのかが分からない。

「はい、は～い、そこまで～。りんたろ～は疲れているのでインタビューはここまででで～す。視聴者のみなさ～ん、ネクストりんたろ～は後藤隊チャンネルで～」

凛がインタビューを強引《ごういん》に終わらせてくれた。

メインチャンネルのインタビューをそんな終わらせ方して大丈夫なのかとは思ったけど、それより俺の為にそんな行動をとってくれた凛に感謝だ。

ただ、ネクストりんたろ～ってなんだ。

ちょっと意味不明のワードが飛び出していたのは気になる。

〝花岡修太朗四十歳独身彼女なし〟
〝おいおいおい、これ大丈夫か？　ゴブリンキングキラーだぞ？〟
〝修太朗彼女いないの？　遊びまくってるだけ？〟
〝修太朗万歳《ばんざい》。新たな英雄誕生だ。しかも独身、彼女なし〟
〝英雄には褒美《ほうび》で姫《ひめ》がマストね。修太朗にはワタシ〟
〝これ、ゴブリンキング討伐《とうばつ》より花岡修太朗独身彼女なしの方がニュースなんじゃ〟
〝もうトレンド載《の》ってる。しかも世界トレンド〟
〝世界トレンドってヤバいな。世界の修太朗。四十歳独身彼女なし〟
〝修太朗様〜今この文香がまいります〜〟
〝さいごのリンたん？　りんたろ〜ってだれ？〟
〝これ、後藤隊ヤバイな。動画の再生数もヤバイ。修太朗もヤバイ〟
〝世界が修太朗に惚《ほ》れる〟
〝男の俺でもあれは惚れる〟
〝まさか修太朗、どっちもいけるのか？〟

〝地味にドロップ拾ってたな。錆びた剣《けん》〟

〝ゴブリンキングのドロップってあんななの？〟

〝あのクラスのドロップは属性持ちとかが多いんじゃないか？〟

〝それじゃあ、あれは錆び属性の剣？〟

〝錆び属性ＷＷＷ〟

〝錆びもしたたるいい男〟


「りんたろ～、ちょっといい？」

「はい、ありがとうございました。助かりました」

「そうじゃなくて～、インタビューにそんな正直に答えなくていいんだからね～」

「そうなんですか？　だけど嘘《うそ》はまずくないですか？」

「嘘じゃなくてごまかすとかできるでしょ～。世界中にりんたろ～が独身なのがバレちゃったし」

ぐっ……改めて人から言われると抉られる。世界中にか。

「まあ、それは結婚しちゃえばいいだけなんだけど」

「いいだけって、そんな簡単に結婚出来たら苦労しないんですよ」

「だ～か～ら～わたしがいるから～」

凛、本当にジョブ聖女だったりしないか？

酔っぱらった俺を家に泊《と》めてくれて詰《なじ》るどころか、こうやって優しく慰《なぐさ》めてくれるなんて。

「その言葉だけでじゅうぶんです。本当にありがとうございます」

「本当にわかってる～？　本当なんだからね」

凛の気遣《きづか》いが心に染《し》みる。

時刻を確認《かくにん》するともう十一時を回っている。

朝が早かったから、結構な時間ダンジョンにいたことになる。

流石《さすが》にちょっと疲れた。

大ゴブリンとの戦いはそれほど疲れなかったけど、そのあとのインタビューでどっと疲れてしまった。

仕事だから仕方がないけどインタビューは当分遠慮《えんりよ》したいな。

インタビューというものがあんなに疲れるとは思わなかった。

いや、俺のインタビューがそうそうあるはずもないし考え過ぎか。

いずれにしても、ダンジョンでのイレギュラーを無事に切り抜《ぬ》ける事が出来てよかった。

これが俺のやりたかったこと。

モンスターから世界を護《まも》る。

俺の知り合いを、周りの人達《たち》を護る。

まだただのルーキーだけど、周りの人たちのおかげで、今この場にいる防衛機構の隊員の一員であることに充実感《じゅうじつ》を覚える。

前職を辞《や》めてでも防衛機構に入ってよかった。

そのまま地上へのルートに大きな問題が起こることもなく無事に戻ることが出来た。


残務処理は隊長格がやってくれるとのことだったけど、湊隊長に押《お》し付けているようで申し訳なかったので手伝いを申し出た。

湊隊長も疲れていると思うけど、しっかり手当てがつくから大丈夫《だいじょうぶ》と断られてしまった。

本当は無理にでも手伝った方がよかったんだろうけど、二日酔《ふつかよ》いも完全には治まってなかったし気疲《きづか》れしてしまったのでありがたく帰らせてもらうことにした。

「あ、修太朗さんひとつ聞いてもいいですか？」

去り際、昔、俺が車の事故に出くわしてヒーローの真似事《まねごと》をしたことを、いくつか質問されてしまった。

そういえば以前の会話でそんなこともあったとだけ話した気はするけど、湊隊長って俺の会話の内容まで気にかけてくれているなんて驚きだ。

随分《ずいぶん》前のことだし、柄《がら》にもないことだったので湊隊長に真顔で質問されると少し気恥ずかしさを覚えてしまった。

それにしても湊隊長結構詳《くわ》しかった気がするけど、なんで知ってたんだろう。

詳しい内容までは誰《だれ》にも話したことない気がするけど、もしかしたらこの前の飲み会で口が軽くなって話したのかな。


「りんたろ～このあとどうするの」

「帰って寝《ね》ますよ。朝早かったですから」

「そっか～。じゃあ、今度はゆっくり朝食食べようね～」

「あ、はい」

そのまま、凛とも別れて自分の部屋へと戻り、すぐに眠《ねむ》ることにした。

こういう時に今の部屋は近いので助かる。

そういえば凛のあれはどういう意味だったんだろう。

「今度はゆっくり朝食食べようね～」

あれは、また一緒《いっしょ》に食べるという意味だったんだろうか。

いや、そんな深い意味はないのかな。

今更《いまさら》だけど今日食べた凜が作ってくれた朝食美味《おい》しかったな。

よく考えたら母親以外の人が作ってくれた手作りの朝食なんか食べるのいつぶりだっただろう。凜はやさしいし、料理も上手《うま》くて、かわいくて最高の奥《おく》さんになりそうだな。

まあ、俺には全く縁《えん》のない話だ。

出勤してダンジョンに潜《もぐ》って、休みの日は部屋で寝る。

充実してるけど、どう考えてもそういう出会いはなさそうだし、そこは期待できそうにはない。ダンジョンに出会いを求めるのは無理があるな。

朝も早かったしさすがに眠くなってきた。

それにしても、あれだけの数のモンスターを相手にするのも、あんな人数で一斉《いっせい》に戦うのもはじめてだったしいい経験になったな。

四十歳になってから四ヶ月。

俺の大魔導士《だいまどう》としての人生はこれからだ。

防衛機構後藤隊を語るスレ９９９

５５　　やべえええええ～。修太朗が世界トレンド１位とった～

５６　　マジで世界の修太朗～～

５７　あれは世界いけるわ。海外のコメントもビビってるコメントばっかだし

５８　世界基準修太朗

６０　それより独身彼女なしが世界に知られた方がやばいんじゃ

６２　世界中から殺到するんじゃね

６３　あのスペックだし、マジで子種だけでもってあるかもな

６４　修太郎なら特例ありじゃね

６５　リアルハーレムか

６６　世界のモテ漢修太朗

６７　海外でも特集サイト結構できてる

６８　さすがにはえ～な

６９　男向けも活況みたいだけど

７１　それはあるな。俺から見てもカッコよだし

72　ゴブリンキングって弱くないよな

73　つよつよのつよつよ。ゴブリンとはいえ王種を舐めてはいけない。あれを相手に出来るのは本当のトップ勢だけよ

75　それを瞬殺。修様最強。あれは人類の希望。あれこそ神の使い。世界のメシア。

77　修太朗ってアタッカーとばかり思ってたけど放出系もエグイな

78　同接５００万オーバーだし、再生数３０００万こえてんだけど

79　修太郎にとってはただの序章。勇者修太朗の物語はこれからだ。来週から魔王討伐への旅に出るんだ

80　風姫も出てたな。それとりんたろ〜ってだれ？

81　修太朗を言い間違えたんだろ。リンリンかわええ

83　後藤隊長も映ってた。カッコよかった

84　修太朗専用カメラみたいだったな。メインチャンネルなのに

86　そのうち修太朗チャンネルできるんじゃね

87　むしろ作って欲しい

花岡修太朗（40）

ジョブ　大魔導士

知力６５

体力５０

技術４９

攻撃５０

防御４４

魔攻９９９

魔耐９９９

魔力９９９

エピローグ

世界防衛機構日本支部局長級会議

「いったいどうなってるんだ、複数のダンジョンが同時に溢《あふ》れるなんて」

「服部本部長、日本だけではないようです。アメリカからも連絡《れんらく》が入っています」

「アメリカからもか。世界的にダンジョンのモンスターが活性化したのか？」

「これは未確認《みかくにん》ですが、モンスターが地上に溢れたダンジョンがあるとか」

「日本は大丈夫だったのか？」

「はい、日本は防衛機構の隊員が踏《ふ》ん張ってくれたようです」

「そうか、さすがだな。それはそうと、織部君、花岡修太朗《はなおかしゅうたろう》という隊員を知っているか？」

「はい、もちろんです。私もあの配信は見させていただきました。花岡修太朗四十歳独身、彼女なしですよね」

「ああ、そうだ。彼《かれ》がゴブリンキングを討伐したのは間違いないのだろう」

「はい、そのようです」

「あれは衝撃的《しょうげきてき》だったな」

「はい」

「彼のプロフィールは把握《はあく》しているのか？」

「はい、もちろんです。花岡修太朗四十歳、独身、彼女なし。ごく最近魔力《まりょく》に目覚めたようでジョブは大魔導士です」

「大魔導士⁉　あの伝説の⁉」

「はい、あの伝説の自爆《じばく》ジョブです」

「う〜む。他には？」

「静岡県浜松市《はままつし》にて花岡甚五と花岡敬子との間に生まれ一人っ子のようです。令和大学に進学と同時に東京に。卒業後はずっと豊和商事にて勤務していたようです。人柄《ひとがら》もよく評判も良好です」

「なにも問題ないようだが、なぜ独身なんだ？」

「それについては全くの不明です。調査の限りでは過去に彼女がいた形跡《けいせき》すらありませんでした」

「もしかして、そっちの指向の持ち主なのか？」

「いえ、そのような形跡も一切《いっさい》ありませんでした」

「ほう、不思議なこともあるものだな。謎《なぞ》多き男と言ったところか」

「はい」

「本部としても彼の今後の動きに注視しておこう。ホーリートゥエルブ達も気に留めているとのことだ。このような世相だ。世が英雄を求める事もあるかもしれん」

「はっ、そのようにいたします」

「では、本日の『世界防衛機構日本支部局長級会議』はこれにて終了《しゅうりょう》とする。それにしても、花岡修太朗か。どうにも特異なプロフィールの人物だが、いつか会ってみたいものだな」

＊＊＊＊＊＊＊＊＊＊＊＊＊＊＊＊＊＊＊＊＊＊＊＊＊＊＊＊＊＊

今思えば、情報収集は社会人としての基本だった。だけど、帰宅後は、疲れからしっかりと睡眠《すいみん》をとっていたため、スマホを始めとする電子機器には一切触《いっさいさわ》っていなかった。

おかげで俺《おれ》は世間様の動向なんて一切キャッチすることなく、何事もなかったように翌日も防衛機構へと出勤することになった。

ただ、いつもに比べて足取りがかなり重かったのも事実だ。

四十歳の肉体はゴブリンキングをはじめとしたモンスター達との戦いに悲鳴を上げ、重度の筋肉痛に苛《さいな》まれていた。

これが二十代だったら違《ちが》ったんだろうか。

いや、二十代の俺も運動不足だったしな。

「あ〜〜きついな。やっぱり運動不足だよな。結局昨日も走れなかったし。本当に休みの日の過ごし方だよな。結局昨日もほぼ寝てたし」

俺は、そうつぶやきながら〝職場〟の入り口のドアをくぐった。

「今日も一日頑張《がんば》りますか」

花岡修太朗四十歳。

今日もダンジョンへと潜る。

かつて憧《あこが》れたヒーローを夢見て、俺は俺に出来る事をやるだけだ。

第0章 ♦ 非モテサラリーマン 花岡修太朗二十五歳独身彼女無し

最近のマイブームは家で飲むこと。

社会人になってからは、会社関係で飲むことが時々ある。

接待で飲むときもあるけど、同じ部署の人達と行くことの方が多い。

学生の時とは違って部長を筆頭に幅広《はばひろ》い世代の人達と飲むのは結構楽しい。

みんないい人なのもあるけど、自分とは違った知見を持った人たちと飲んでいるとその時だけは自分も多趣味《たしゅみ》な人間になれた気がしていい気分になる。

その反動ってわけでもないけど、家に帰るとなんとなく七畳《じょう》の部屋が広く感じてしまうことが増えてきてしまった。

彼女でもいればそんなことを感じることはないんだろうけど、もちろん社会人になっても彼女はいない。

世間で言うところの彼女いない歴二十五年だ。

今の時代、二十五歳で彼女すらいないってどうなんだと自分でも思うけど、こればかりはどうしようもない。

お相手があってのことだから……。

おっさん呼ばわりされた学生時代には社会人になれば、そういうお相手とも巡り合えたりなんてことを夢見ていた。

だけど、二十五歳になった今も俺のあだ名はおっさんだ。

俺の顔は二十五歳になった今でも年齢《ねんれい》との乖離《かいり》をみせている。

いったい何歳《なんさい》になれば見た目通りの年齢となるんだろうか。

もしかして死ぬまで老《ふ》け顔のままなのか？

いや、流石にそれはないと信じたい。

つまりは、女性との出会いは全くない。

そのかわり年上の男性にはかわいがってもらえることが多い気がする。

おかげでサラリーマン生活もそれなりにやれている。

職場で充実しているのに自分の部屋では特にやることがない。

広く感じる部屋で一人梅酒を炭酸で割って飲む。

梅酒を飲んだことはなかったけど、この前課長に勧《すす》められて飲んだら結構おいしかったので最近のレギュラーだ。

「うん、いける」

ちびちび飲みながらコンビニで買ってきた雑誌を読む。

「サラリーマンに贈《おく》るソロキャンパーのすすめか」

そういうのも悪くないのかな。

もう少し出歩いたほうがいいかとも思うけど普段《ふだん》仕事で結構歩くし仕事のないときは外に意識が行かない。

そんな休日を過ごし、英気を養ったら仕事を頑張るだけだ。


「いや～花岡さんに頼まれたら断れないよね～」

「ありがとうございます。そう言っていただけると」

「そういえば、銀河のヒーローセイウンジャーのメモリアルボックス出るそうですよ。懐《なつ》かしいですよね。花岡さんもお好きでしょ？」

「はい、もちろん」

「私らの世代にはズバリですよね～小学生の時に毎週見てたな～花岡さんもでしょ？」

「ええ……もちろんです」

「この歳になるとノスタルジーっていうんですかね。子供の頃《ころ》のが妙《みょう》に懐かしくなって予約しちゃいましたよ」

「そうですよね、わかります」

「それじゃあ、細かい事はまた今度詰《つ》める感じで」

「はい、よろしくお願いします。しっかりやらせてもらいます」

やった。

契約《けいやく》が取れた。

担当の鯖江《さばえ》さんとは挨拶《あいさつ》に伺うたびによくしてもらっている。

以前、話の流れでヒーロー物の話題が出て以来、その話で盛り上がることも多い。

そのおかげもあってか今日結構大きな契約をもらうことが出来た。

ちなみにセイウンジャーというのは三十年くらい前の戦隊ヒーロー物だ。

つまりは俺が産まれる前のヒーロー。

動画で観《み》たことはあったので知ってはいるけど、鯖江さんの口ぶりからして俺もリアルタイム世代だと思われてたっぽいな。

確かに俺の年齢を伝えたことはなかった気がするけど、俺のこと何歳だと思ってるんだろう。

おそらくは十歳以上、上だと思われてるよな。

多分鯖江さんは四十歳くらいだろうし。
まあ、そんな細かいことを気にしても仕方がない。
今日は契約取れたしおいしい梅酒が飲めそうだ。
よし社に戻《もど》るか。
このところ営業成績も順調だしいい感じだ。
成果を手に上々の気分で歩いているとどこかから女の子の声が聞こえてきた。
「ええ〜ん、あっち行って。いや、こないで。こないで〜」
ただ事ではない。
辺りを見回すが、どこからだ？
「お願い、こないで〜」
あっちか。
なまった身体に活を入れ全速力で走る。
いた。
女の子がいた。
声の主は小学生くらいの女の子。
そして女の子の前には大型と言って差し支《つか》えないサイズの犬。

おそらくは野良犬《のらいぬ》だろう。
「グルウウウウウゥ」
明らかに興奮状態で牙《きば》をむき女の子へと迫《せま》っている。
でかい。
特に犬に対して忌避《きひ》感はない。
むしろ平時ならかわいがってやりたいくらいだ。
ただ眼前で牙をむいている大型犬。
普通《ふつう》に怖《こわ》い。
いや、滅茶苦茶《めちゃくちゃ》怖《こわ》い。
大人の俺でもビビる恐《おそ》ろしさだ。
「ええ～ん。こないでよ～、なんでくるの～」
ふ～っ。
このままなら女の子が襲《おそ》われてしまう。
ここには俺しかいない。
やるか。
やるしかない。

「おい！　こっちだ、こっちにこい。そっちじゃないこっちだ！」

野犬に向け目いっぱい声を張り上げる。

「えっ⁉」

俺の声に反応して女の子と野犬がこちらへと顔を向ける。

うわっ、野犬の目が血走ってる。

やばい。犬って猛獣《もうじゅう》だった？

俺の知ってる犬の姿じゃない。

完全にモンスター化してる。

「グルルルルゥゥゥゥ」

低音の唸《うな》り声に背筋が凍《こお》る。

あまりの恐怖《きょうふ》に怯《ひる》みそうになるが、女の子の恐怖と驚きと期待が入り混じったような顔を見て踏みとどまる。

大丈夫だ。

もう大丈夫。

怖かっただろうけどもう大丈夫だ。

女の子の助けを求めるその顔に再び俺のヒーローマインドに火が灯《とも》る。

手をたたき大声で野犬の意識をひく。

同時に女の子へ大丈夫だという意味を込《こ》めて大きく頷《うなず》く。

「こっちだ。こっちだぞ～、ほら、ほら、ほらどっかにいってもいいんだぞ～！」

次の瞬間《しゅんかん》、野犬がこちらへと駆《か》けてきた。

きた～～。

本当は声に反応して去ってくれればよかったけど、女の子から引き剥《は》がすという意味では成功だ。

即座《そくざ》に背を向け、全速力で走る。

何も考えずにとにかく走る。

こんなに走ったのは中学生の時以来だ。

その時と違って革靴《かわぐつ》だけど、そんなことは関係ない。

「グルルルルハッハッハッハッ」

背後に野犬の息遣《いきづか》いと足音を感じる。

力技で方向転換《てんかん》しながら必死に逃《に》げるが、ああ無情。

社会人になってから運動というものを一切してこなかった俺の肉体、特に肺が早々に限界を迎《むか》えてしまう。

逃げ切れない。

何秒経過しただろうか。

さっきの場所からはそれなりに離《はな》れたと思うけどこのままじゃ逃げ切れない。

「はぁはぁはぁはぁ」

やりたくはない。

だけどやるしかない。

俺は覚悟《かくご》を決め足を止め背後に反転し迫る野犬に向け手に持っていたビジネスバッグをたたきつける。

「ギャウンッ」

運良く当たった。

一瞬《いっしゅん》淡《あわ》い期待を抱《だ》いたものの現実はそんなに甘《あま》くない。

浅かったのか野犬は即座に立て直し反撃《はんげき》してきた。

ビジネスバッグを武器に応戦するが、ろくに喧嘩《けんか》もしたことがない俺に怒《いか》り狂《くる》った野犬を防ぐ術はなかった。

「いって～～～！」

激痛が走る。

ビジネスバッグを掻《か》い潜《くぐ》り野犬は俺の足に噛《か》みついてきた。

野犬の犬歯がパンツを貫通《かんつう》し足の皮膚《ひふ》を突《つ》き破《やぶ》る。

「ふざけんな。くそっ、離れろ。離れろよ！」

野犬は俺の足を食いちぎろうとしているのか噛みついたまま頭を振《ふ》ろうとしてくる。

冗談《じょうだん》じゃない。

とんでもない痛みが襲ってくるが、野犬はすぐ目の前にいる、
無我夢中《むがむちゅう》で野犬の頭部に向けビジネスバッグを何度もたたきつける。

ノートパソコンの入ったバッグはそれなりの重さがある。

「離せ！　離せよ！　離せ〜〜！」

何度目かにバッグの角がいいところにヒットしたのか野犬がふらつきながら離れてくれた。

「ギャイイイン」

必死にバッグを振るい追撃《ついげき》を入れると野犬は、しっぽを下げその場からふらふらと去っていった。

「ふうふうふう」

終わった。

痛い。滅茶苦茶《めちゃくちゃ》痛い。何なんだあの犬。
あんなのがいるってここは世紀末か？
ヤバすぎる。
野犬怖すぎるだろ。
脚《あし》を確認するとパンツには大きな穴が開き、皮膚にはしっかり歯型が。
そこからは結構血が流れ出ている。
これ、大丈夫なのか？
いや、どう考えても大丈夫じゃない。
病院に行かなきゃ。
だけどその前に女の子。
女の子の所に行かないと。
脚を引きずりながら女の子のいた場所に戻ると、そこにはもう誰もいなかった。
「まあ、そうだよな。でもよかった」
さっきの状況《じょうきょう》なら野犬が去った段階で逃げるよな。
あの女の子が野犬に噛まれていたと思うと、こんなものでは済まなかっただろう。
柄にもなく張り切ってしまったせいでとんでもなく脚は痛いけど、女の子ひとり救えたと思えば、意味はあったと思いたい。

今の俺は昔憧れたヒーローっぽかったかな。

いや、そんなカッコいいものじゃないけど、そう思っておいても罰《ばち》は当たらないだろう。

それより会社に電話して病院だな。

変な病気にかかってなきゃいいけど。

あ……結構思いっきり叩《たた》きつけたけどバッグの中のパソコン大丈夫かな。


あれからも仕事で何度か現場の近くを通ることがあるけど、毎回野犬がいないかびくびくしながら足早に去ることにしている。

俺はあれ以来完全に犬嫌《ぎら》いになってしまった。

今では完全な猫《ねこ》派だ。

あれ以来あの女の子を見かけることはないけど、俺みたいに犬恐怖症《きょうふしょう》になってなきゃいいけどな。

あとがき

この作品を手に取ってくれた奇特な読者のみなさん、本当にありがとうございます。

そして非モテサラリーマンの世界にようこそ。

この作品は「30歳童貞で魔法使いになれる」そんなパワーワードを作者がどこかで目にしたことから生まれました。

30歳で突然魔法が使えたら楽しいだろうなと思い書き始めましたが、きっとこの本の読者の皆さんも魔法を使えたらなんてことを一度ならず考えたことがあるはず。

私自身、子供の頃に魔法や何とか波を夢見ていましたが、残念ながらいまだに出せたことはありません。

当時お風呂の中で何度試みてみたことか……。

もう、わかってる。

大人になった自分は魔法使いにはなれない。

しっぽの生えたスーパーな主人公にもなれない。

だけど、今でも時々そんなことを夢想することがあります。

それを世間では厨二病といいます。

主人公の修太朗も御多分に漏れず厨二病患者ですが、そんな夢想家なところを持ちつつ夢の30歳から更に十年、現実を知りそれでも折れずに頑張ってきました。

修太朗が頑張ってきた四十年がリアルの世界。

ちょっと老け顔の普通のサラリーマンがかつて夢見た魔法使いになる。

そんなリアルから抜け出した夢のような世界がここにはあります。

厨二病な大人が夢をかなえた世界、それが非モテサラリーマン修太朗の世界です。

魔法使いになれるかどうかはわかりませんが、誰でも夢見る事は自由です。

魔法を使ってみたい。

お金持ちになりたい。

ヒーローになってみたい。

異性にモテたい。

色んな夢があっていい。


ちなみに私の夢は小説家になる事ではありませんでした。

むしろ、文章を書くことが苦手でずっと避けてきました。

学生時代、卒業論文も書かずに卒業に成功し、今までで一番長く書いた文章は小学生の時に書いた修学旅行の課題。

原稿用紙10枚でした。

小学生の私にとって原稿用紙10枚は過酷すぎました。観光そっちのけで死にそうになりながら書いた記憶があります。

当時、本当の意味での修学旅行に絶望しました。

それがトラウマになったかどうかはわかりませんが、それ以来何かを書いて形にすることはありませんでした。

そんな私が大人になり、いろんな方の小説を読んでいるうちに何を思ったのか突然小説を書き始め、いつの間に本を出版して「モブから始まる探索英雄譚」というアニメ化作品まで生み出してしまいました。そして本作は、そんな「モブから始まる探索英雄譚」に続き、ホビージャパンさんから出させていただく第二弾となります。

人生何が起こるかわかりません。

夢のような本当の話です。

そんな私は魔法使いではなく夢の小説家になってしまいました。

夢見ていれば夢が現実になることもあるかもしれません。

夢は突然降って湧いたようにかなうこともあります。

夢見ていなくても、何かのきっかけで現実が夢になることもあります。

皆さんの現実もある日突然夢見た世界に変わることがあるかもしれません。

修太朗や私がそうであるように。

また次回、皆さんにお会いできることを夢見て非モテサラリーマンの世界でお待ちしています。

可愛すぎる激レア従魔と
楽しく冒険&無双！
コミック版
コミックファイアにて
大好評連載中!!
漫画：春夏冬 唯人

女神から孵化《ふか》のスキルを授かった俺が、
なぜか幻獣や神獣を従える
最強テイマーになるまで
Author
まるせい
Illustrator
珀石碧
「小説家になろう」月間ランキング
1位
（[ハイファンタジー]
2023.9.2 時点）
「カクヨム」月間総合ランキング
1位
（2023.8 時点）
小説第4巻今夏発売予定!!!

HJ NOVELS
HJN95-01

非モテサラリーマン40歳の誕生日に突然大魔導士に覚醒する　1
＃花岡修太朗40歳独身彼女なしが世界トレンド１位

2025年4月19日　初版発行

著者――海翔

発行者―松下大介
発行所―株式会社ホビージャパン
〒151-0053
東京都渋谷区代々木2-15-8
電話　03(5304)7604（編集）
03(5304)9112（営業）

印刷所――大日本印刷株式会社

装丁――BELL'S GRAPHICS／株式会社エストール

ISBN978-4-7986-3814-0　C0076

ファンレター、作品のご感想お待ちしております
〒151−0053　東京都渋谷区代々木2−15−8
(株)ホビージャパン HJノベルス編集部 気付
海翔 先生／イシバシヨウスケ 先生